横林侧峰

顾仁飞 / 著

北方文艺出版社

图书在版编目(CIP)数据

横林侧峰 / 顾仁飞著. -- 哈尔滨：北方文艺出版社，2021.10
ISBN 978-7-5317-4894-6

Ⅰ.①横… Ⅱ.①顾… Ⅲ.①散文集-中国-当代 Ⅳ.①I267

中国版本图书馆 CIP 数据核字(2020)第 187389 号

横林侧峰
HENGLIN CEFENG

作　者 / 顾仁飞

责任编辑 / 李正刚　　　　　　装帧设计 / 书香力扬

出版发行 / 北方文艺出版社　　网　址 / www.bfwy.com
邮　编 / 150008　　　　　　　经　销 / 新华书店
地　址 / 哈尔滨市南岗区宣庆小区 1 号楼
发行电话 / (0451) 86825533

印　刷 / 成都兴怡包装装潢有限公司　　开　本 / 880mm×1230mm　1/32
字　数 / 120 千　　　　　　　　　　　印　张 / 6.25
版　次 / 2021 年 12 月第 1 版　　　　　印　次 / 2022 年 1 月第 1 次印刷

书　号 / ISBN 978-7-5317-4894-6　　　定　价 / 48.00 元

序　言

这个集子之所以称为"横林侧峰",是所处境遇不同而得出的一个哲理。"横看成岭侧成峰,远近高低各不同。不识庐山真面目,只缘身在此山中。"人所处的位置不同,往往会对同一事物得出不同的看法。故诗说:"岭上有峰亦有林,无岭平川林也深。自然造物万千变,人间骚客各自吟。"岭林自然成景,站位不同,心境一定不相同,触景生情各自吟是最为自然的事。

有一次去庐山开会,一位四川同人一大早就去庐山观景,但观后却说:"我哪里都去了,哪里都看了,但什么也没有看见。"正值大雾,能看到什么呢?自然是看不见,在他的印象里,庐山只是雾山而已。

对同一事物，往往由于心境不同、阅历不同、环境不同，会得出不同的看法。同样是桥，有时要修，但有时为阻止人进攻而毁，这是不同心境、情境的缘故。

有歌唱道："月亮还是那个月亮，山也还是那座山。"可有人说："关山重重路阻断。"有人却说："锦绣关山平川路。"也有人说："月儿弯弯照九州，几家欢喜几家愁。"月亮是同一个月亮，可月亮底下的人的心境是绝不相同的，这就是横林侧峰的真谛。

2019 年 10 月 10 日于南通寒舍

目录

contents

凡墙皆门 / 001

拒绝有道 / 003

动动脑子 / 004

国　家 / 005

朒 / 006

谁幸福？ / 007

摆　谱 / 008

视死如归 / 010

愁伤身 / 011

水　车 / 013

换个方向 / 014

悟 / 015

后门之说　/　016

远道来人　/　018

银　杏　/　019

对联拾零　/　020

官吏应以人为本　/　021

时势造英雄可能是真的　/　022

影　子　/　023

卖炭翁确有其事　/　025

编造方成器　/　026

桥　/　027

冬　读　/　029

慎　独　/　030

独善其身　/　031

网友是什么友　/　032

说"悔"　/　033

由看花的羊说开去　/　035

理　由　/　037

顺其自然　/　039

鼠年说鼠　/　040

也说世事　/　042

碑　/　043

成功与不成功　/　045

功夫和工夫 / 047

不住官邸 / 048

夜郎自大 / 049

也说雪 / 050

大　学 / 052

说众论 / 054

左右说 / 056

说　猪 / 057

中国丝绸 / 058

好心办好事 / 059

中国红是什么红 / 060

挺身而出 / 062

福 / 064

平　视 / 065

王图霸业 / 066

耐住寂寞 / 068

灶膛余灰 / 070

石　子 / 072

概　数 / 074

口　罩 / 076

辞　官 / 077

春去不用叹 / 078

003

幸无大小，有幸就好 / 079

德　政 / 080

美德无处不在 / 081

凡钱就有出口 / 082

"三此"一生挺好 / 084

管好时间 / 085

高低深浅生活路 / 086

候选人 / 087

广　播 / 088

习　惯 / 089

民心和人心 / 090

人生各有境界 / 092

人以群分 / 093

学海无涯苦作舟 / 094

威严无字 / 095

赋　诗 / 096

要面子，也要得体 / 097

笑　纳 / 099

乡　村 / 100

神　仙 / 101

堂邑父其人 / 102

馒头和金子 / 104

时　机 / 106

简单最好 / 107

植　物 / 109

脸　面 / 110

再说"井" / 111

话 / 112

侥幸和幸运 / 113

惜时奋进 / 114

生活低调好 / 115

伯乐其人 / 116

搂饭筷 / 117

偷冷粥 / 119

养　生 / 121

境　界 / 123

盗和贼 / 124

日　新 / 125

知福常乐 / 127

勤是宝，终生有效 / 128

换个角度，是战胜逆火效应的法宝 / 129

苏轼的为官之道 / 130

黄河九曲长江长 / 132

加油的由来 / 134

网 / 136

艺术修身不如劳动养生 / 138

半斤八两 / 139

发 力 / 140

学校原来是欢乐的地方 / 142

褶 皱 / 143

廉和赚 / 144

蜂 蜜 / 145

也说"闲" / 146

善始善终 / 147

臣不如人 / 148

学古践生话桑麻 / 149

批颊自省 / 150

内心强大比什么都重要 / 151

从红芒子说开去 / 152

被误解的秦修长城 / 153

九省通衢 / 154

说樱桃 / 155

草根者乐为真乐 / 157

复 仇 / 158

牛尾蝉首 / 159

逆境人生更可贵 / 160

为名所死，不值 / 161

海 / 162

西天取经 / 163

锁 / 164

师　生 / 165

呆若木鸡 / 167

修篱种菊 / 168

说愚蠢 / 169

疏与堵 / 171

活到老学到老 / 173

用人才方可成伟业 / 175

敏于行，讷于言 / 176

士为知己者死 / 177

文武之道各有志 / 178

喝酒以谊为好 / 180

理财有道 / 181

读书求知，必须觉悟 / 182

书文出彩意气间 / 184

后　记 / 185

凡墙皆门

佛语说:"凡墙皆是门。"墙与门相通,无阻无隔。

把墙变门,靠心智,等是等不到墙变门的。用心,墙可变成门;不用心,门亦可能变成墙的。

历史上有过这样一个故事:项羽面对强大的秦军时,是战是退,正是关键的抉择。胜,则士气大增;败,从此一蹶不振。项羽决一死战,破釜沉舟,引兵渡过漳水后,令全军:"皆沉船,破釜甑,烧庐舍,持三日粮,以示士卒必死,无一还心。"结果巨鹿一战,大破秦军,项兵威震诸侯。

秦军是一座墙,但项羽破墙成门,这就是"凡墙皆是门"。

但历史往往会嘲弄人。同样,项羽面对乌江时,尚有勇骑二十余,且乌江亭长愿助其渡河,这是一扇可救命的门,可身经百战无一败迹的项羽却成了"墙",回曰:"无颜见江东父老。"自刎而死。如果项羽把乌江看成一道门,历史的结果将是另一个版本,但历史是没有如果的。

"凡墙皆是门"是佛语,但不用心,可能"凡门皆为墙"。

《史记》记载了这样一个故事:晋公子重耳落难逃亡之际,饥饿难耐,便向锄地农夫讨食。农夫却说:"这里只有土,给你一把土吧!"重耳觉得受到侮辱,举鞭欲打农人。可随从狐偃拉住他说:"农夫给土,土是什么?就是土地呀,有了土地就是有了粮食、人口、财富、社稷,这不是一个好兆头吗?"

沙地人对财富的衡量也是以土地为准的。有土地,且土地多者,称粮户,土地就是粮!懂得了这个道理,重耳将墙变门,收复国土,终成历史上称雄一霸的晋文公!视角不同,结果一定不同。

拒绝有道

本杰明·迪斯雷利（1804—1881），曾两度任英国首相，有位叫杰姆斯的军官因自觉有军事才能屡求迪斯雷利加封自己为男爵，但迪斯雷利说："男爵暂不可授，但可让你名扬远超男爵。"在一次公开会上，他宣布："我想让杰姆斯接受男爵封号，但他拒绝了！"很快，杰姆斯名声大震，也很快被加封为男爵。这是成人之美的典例。但从另一个角度分析，要求成名或让人成名，都不君子，不为名利才是君子之风呀！君子与名利无关。

但换个角度看，为国家、为民族争名争利是十分必需的。

动动脑子

手勤脚快的确好，动动脑子最重要。

管住手脚管住嘴，想好再做有奇效。

这是要嘴少说话的，但如果换一个角度，多动嘴想必也是很有深意的。学问就是学和问，多学多问多领悟，必有所得，定能成学问家。这是多动嘴的功力。场合不同，口和脑的功能大概也不相同。

国　家

国家，有国才有家。

家国情怀是中华民族的传统文化，历史上有一门四代保家卫国的杨家将，这是武艺高强人物，但也有手无寸铁的百姓草根，同样与寇搏斗。

北宋端拱二年（989），契丹士兵南下侵犯唐河一带。一日，唐河有一位老太太坐在店里忙活。此时正有一契丹骑兵来请老人打水，老人谎称无力，请契丹骑兵帮忙从井中提水，果断将其推下井去！

《聊斋志异·张氏妇》记载了一个故事：大兵南下之时，兖州有妇人。在家挖了一个坑，上铺席。一日大兵赶至，见妇，欲行不轨，妇引其入席，大兵跌入坑中。妇即点火烧屋至其死。为了国家，毁其家而保国者，先国后家也！

腡

腡（luó），手指印，亦称指纹。中国是最早使用指纹识别人体的国家。所谓的签字画押，就是按手印，是最原始也最为有效的识别技术。

腡，有人写成"锣"，不妥！有诗说：

人手均有腡，各人各有纹。

按上腡纹印，人事各分清。

谁幸福？

苏格拉底在被判死刑时说："现在分别的时候到了，我去死，你们活着，究竟谁过得更幸福？只有神知道。"

死者，去天堂，自然是最幸福的；但活着的人，都不愿意去天堂。天堂到底啥样，谁也没有见过。有个十分搞笑的人说："死去的人一定很幸福，为啥？因为死去的人谁也不肯回来。"看来谁幸福，也只有如哲人所说："只有神知道。"但神是谁呢？谁也说不清。

摆　谱

摆谱常被人认为是搭架子，沙地人称之为"拉嗨"。

摆谱实则是摆家谱。摆谱也往往被理解为搭架子，这和家谱无关，有人以方言发音把跌架子写成"跌瓜子"，实是不妥。瓜本不可立，也不可搭，何来"瓜子"可跌呢？

摆谱，历史上刘备是运用最为得当者。汉献帝问："卿祖何人？"刘备回答说："臣乃中山靖王之后，孝景皇帝阁下玄孙，刘雄之孙，刘弘之子也。"汉献帝遂推排家谱说："尔乃帝之叔也。"这便是刘皇叔的由来。

续上了家谱，有了皇叔的头衔，刘备就有了炫耀的资本。到卧龙岗时，向诸葛亮亮出了"汉左将军，宜城亭侯，领豫州牧"这张皇叔刘备的"名片"。

但曹操是不敢摆家谱的。陈琳写了一个讨曹操檄文，把曹操的家谱抖搂出来：司空曹操：祖父中常侍腾，与左悺、徐璜并作妖孽，饕餮放横，伤化虐民；父嵩，乞匄携养，因赃假位，舆金辇璧，输货权门，窃盗鼎司，倾覆重器。操赘阉遗丑，本无懿德，剽狡锋协，好乱乐祸。看来曹操是不敢摆家谱的。

家谱是要续的，但靠家谱炫耀也并不靠谱。

视死如归

视死如归，就是把死当作回归。生则来，死则归。

庄子之妻死，他敲盆庆之，惠施认为他过分。庄子则说："她平静仰睡于天地之间，我反而哭哭啼啼，这实在是不懂生命自然的道理，苍天和大地将是她的棺材，她只是从一种存在形式转向另一存在形式，所以我应欢庆她的死去。"

死去，就是归去，自然法则，不必哀恸。

愁伤身

沙地人认定，愁必伤身，大概很有道理。

西汉初年的文学大家贾谊，十八岁即闻名京都，但屡遭权贵排挤。被贬谪长沙王太傅后，郁郁不得志。一日，一只当时被认为不祥之鸟——鹏鸟（猫头鹰）飞进其房间，他大惊失色，认为自己命不久矣。汉文帝十二年（前168），贾宜在忧郁中死去，时年三十三岁。

唐代李贺，七岁即"以长短之歌名动京师"。但当他赴长安应考时，却遭到了竞争者莫名的攻击：说他父亲名叫晋肃，"晋"与"进"犯"嫌名"，导致他连考场的门也进不了。从此，愁云密布，整日唱曰："长安有男儿，二十心已朽。""我当二十不得意，一心愁谢如枯兰。"终日愁忧的李贺，只活了二十七岁。

清时有个才子纳兰性德也是聪颖过人，其词清新隽永，独树一帜。但他的爱妻卢氏因难产去世,他悲痛不已,死时年仅三十岁。

伤心,真是既伤了心,也伤了身。多愁善感,不及时排忧解伤,终为愁而死矣。《红楼梦》中的林小姐,也是伤愁而死的。但沙地人常说的"伤心"却另有新意,是后悔、懊恼的意思。好像和愁关联度弱些。当然,"伤心"也有发愁的意思,从这个角度看,"伤心"也就有了忧愁的意思了。

水 车

水车，是沙地人用来车水浇田的工具。工具称"水车"，而其动作则称为"车水"。《后汉书·张让传》则称之为"翻车"，亦称"龙骨车"，是公元186年毕岚发明的，主要用于道路洒水。到三国时，马钧发明了用于灌溉的翻车，这和沙地人的水车极为相似，也和《天工开物》中的"拔车"一致。在北宋《耕获图》中，就有如同今人脚踏多人劳作的翻车。《农书》里描绘的翻车与拔车一致，只是尺寸大小不一样而已。

如今水车车水抗旱的情景早已不在，替而代之的是抽水机，这是古人不曾想到的。但从另一个角度看，机器效率是高，但烧油对环境污染想必也大得多呢。人类改造了自然，自然也会相应回报给人类的，人与自然还是和谐相处为好。

换个方向

在换个方向上,要学学鲁迅。不要浪费时间在敲一堵本不能开的墙上。

鲁迅在日本学医,成绩是:解剖 59.3 分,组织 72.7 分,生理学 63.3 分,伦理 83 分,德文 60 分,物理 60 分,化学 60 分,平均为 65.5 分。但中国文学史上具有影响力的文豪非鲁迅先生莫属。看来,在人生的道路上,一直走不回头不一定是真理,在某个时机及时拐弯也很重要。毅力当有,但天赋也很重要。

悟

孔子曰:"人能弘道,非弘道人。""人能弘道"的典例就是惠能和尚,传说他目不识丁,却被尊为禅宗六祖。哲人说,人生必须遵守四个字:约,约束,约束自己,也约束身边的人;恕,如今要有换位思考精神;俭,对物质要有节制,且珍且惜;敬,敬畏,敬天,敬地,敬人。

惠能之所以成为禅宗六祖,他的根本理念是:"菩提本无树,明镜亦非台。佛性常清净,何处有尘埃。"心中有佛,佛在心中,心中无尘,自然净也!可见悟佛性不在地位,在于心境,悟很重要。

后门之说

"走后门",沙地人都熟知的一种社会现象。现如今走后门之风大概并未绝种。

走后门,不仅是平头百姓为之,上层高处、名贵权者也常有之。北宋时的"韩、范、富、欧阳"被苏轼评为人杰。其中,富是指贤相富弼。贵为相者,权贵得很,但有事求人,也得走后门。

富弼,字彦国,洛阳人,北宋名臣,亦是文学家、书法家。作为书法家,富弼的传世手迹并不多,其中有一篇寥寥数十字类似于便笺的作品,流传至今,即富弼手书的《儿子帖》。这篇《儿子帖》的内容颇为耐人寻味,折射出富弼的为人、为官之道。

"儿子赋性鲁钝,加之绝不更事。京师老夫绝少相知者,频令请见,凡百望一一指教,幸甚幸甚。此亦乞丙去。弼再上。"

"丙去"就是烧掉。但《儿子帖》没有被"丙去",流传至今。

富弼早已作古,但后门之风大概时下还是刮着没有停歇的,电话、网上之言恐怕很难"丙去"。

远道来人

我所说的"远道来人"指"麦"。远道,多远?从中东传入中国,再从中国河西走廊传到中国江海沙地,确实够远的了。这是距离的远,而时空的远就更久远了。一万年前的小麦,只是中东地区的野草,一茬又一茬的野草被祖先一代又一代驯化,成了如今的小麦,时空至少有一万年之遥远。玉米也是经一代一代的育化终成了如今人们果腹的粮食,也是蛮久远的。由于经历史时空的驯化,小麦和玉米失去了自身传播的能力,自己不会脱粒入土传后代。

"麦"为远道来人确实不假。

江海沙地先有稻,水湿方成稻,故稻粉为湿粉,但无其他粉与之并存时,无须冠名,"粉"或"米粉"均可。而当"远道来人"入驻时,就有了麦粉,为旱地之物,称"干面",故沙地人称小麦粉为"干面"。

银 杏

银杏和大熊猫为同时代者，成了"形态静滞"的代表。

银杏叶像一把打开的扇子，上亿年来一直如此。银杏从恐龙时代一路走来，遗世独立，时光丝毫没有改变它的形态。寿有多高？平均为三千五百岁，而浙江天目山有一棵长寿杏一万两千岁，被称为"杏之鼻祖"。经专家对中、日、韩和北美洲以及欧洲五十一个银树种群采集的五百四十五份样本的基因检测，发现全球所有银杏均源自以浙江天目山种群为主的中国东部种群，且野外未发现天然更新的幼银杏树，银杏后代断层式地消失了。

银杏只能人工种植，靠自然繁殖已不可能了。

对联拾零

中国文化博大精深，对联更是如此，什么天对地、日月对长空等。乾隆皇帝是爱出对联的人，他说："南通州北通州，南北通州通南北。"纪晓岚应对说："东当铺西当铺，东西当铺当东西。"真是天衣无缝的绝对。这是南通在历代帝王对联中出现的第一次，也是最后一次。"上海自来水来自海上"，此联的妙在于前后都成此句。还有文人说："叶落黄山山黄。"也是绝对。"西山运煤煤运山西"，南通城西北有平潮镇，故吾可对曰："平潮潮平潮潮平。"有的对联虽不能倒顺如流，但韵味十足："酿成春夏秋冬酒，醉倒东西南北人。"的确是好对。

对对联是文人玩的文字游戏，其实用性当然不会太大，玩乐游戏即可，不要太认真就是了。

官吏应以人为本

孟子在其《离娄上》中说:"君仁莫不仁,君义莫不义,君正莫不正;一正君而国定矣。"君者,统治者也,如今应为官员是也。

仁、义、正三者是互为关联的。一个不仁、不义者,不可能有正义可言。为官者不正,岂有不腐之理!

时势造英雄可能是真的

　　经济大萧条时期出生的人，即使有才也未必成英雄，而在二战之前出生的人，待二战爆发，便可扛枪上战场，成为将军的概率大为增加。

　　二十几岁的小青年当团长、师长者多之又多，如若现在要达到这一级，没有四五十岁不能为之，时下虽有破格提拔之说，但要有破格的条件才行，要有时势才可实现。

　　曾任空军司令员、国防部副部长的刘亚楼，身经百战，战功赫赫，出任空军司令员时年仅三十九岁，可谓现实版的时势造英雄。

影 子

人人都有影子，正如人人都受议论一般，只是长短、多少而已。余秋雨说："人没有非议是不真实的，非议就像人的影子，人越高，影子就越长。"就个人而言，影子也是不一样的，早晚影子长，中午影子短。如日中天，自然吹捧就多，影子就短了。南宋著名学者蔡元定说："独行不愧影，独寝不愧衾。"

太阳是对每个人都公平的，阳光下，自有影子；而阴天，再高大的人，影子也是没有的。生活，不要太在意自身的影子，只要自己快乐，且在法度内生活就好。

中国有句俗语说："身正不怕影子斜。"人正，影子想必是正的。但这个正是指心态、情怀和做人之道，对那些身有残疾者，应另当别论。故"心正不怕影子斜"倒更合理。

影子中，山影为最。

中国名山大川甚多，大多是因修武练功者而成名的。湖北有座武当山，因真武大帝在此修成正果而闻名遐迩；甘肃也有一座武当山，但名气似乎小很多，几乎无人提及。虽甘肃武当山，山影也很大，但少有人知晓。知不知道是你的事，但甘肃武当山影子依然如故。篱笆很矮，但影子很长。影子终究是影子，不是真的。

卖炭翁确有其事

白居易的名篇《卖炭翁》确有其事。

泾原兵变后,德宗感到大臣靠不住,认为当时为自己护驾的两个太监窦文场和霍仙鸣最为忠心,便把神策军分为左、右两部,分别交给两个太监统领。太监得势,并形成"宫市",欺行霸市,遂发生了卖炭老者卖炭被没收,要求退车不成的事件。德宗知后对太监下旨:"诏黜宦官,易农夫绢十匹。"但未废宫市。宦官采购宫中所需物品,掌握采购权。太监一旦与商人勾连,朝政不乱是不可能的。

古时商不可为官,商若为官,也是蛮危险的。

编造方成器

"率天下之人而祸仁义者,必子之言夫!"这句话出自《孟子·告子上》。

这是孟子反驳告子论点一段话,其实告子也不是这个意思。告子说的是"以人性为仁义,犹以杞柳为杯棬",并强调教育培养的重要性:杞柳,是杯器原料,通过削、割,弯而屈之方可成器。人性亦然,通过教养方可为之,玉不琢不成器,这是真理,天生的天才是极为少有的。

桥

桥和船一样都是渡人的。有人对此却很有悲感,其实大可不必,人世间都是如此。古人云:"前人种树,后人乘凉。"也是这个理。

老师,"传道受业解惑也",其实也是桥,千万学生从桥上走过,成家、成名、成伟人,但老师还在三尺讲台上执教。

人的一生中,先是过老师的桥,然后自己也可能成为别人的桥,如此循环,才有社会的进步,这叫作"青出于蓝而胜于蓝"。

过河拆桥,是指不够朋友的人。其实,过河拆桥还是要分清桥的本意的。

老师这一职业就是桥,渡人过河,自坚守河岸一生。在我上初中时,有个学长写了一篇叫《老师和桥》的文章刊在黑板报上,很有深意,从此我立志当一名老师,可现实总是捉弄人的，老师一职终成泡影。但事情总有转折，由于在原产地专业方面的专注，我终成业界师者，为全国众多的原产地专业学生培训，编写教材，也有幸成为老师，直到现今闲居家中，常有学生来电，自感欣慰。

桥，只关心走过的人，不打听过桥后的事，这是桥的职责，也是桥的心态。

冬 读

春有鲜花夏有蝉，秋里树果压枝沉。

冬里封冻寒风冽，正是读书好时辰。

冬读，的确是极好的。但对于孩童而言，一年四季大概都不适合读书。有童谣说："春天不是读书天，夏天炎热好睡眠。秋有蚊虫冬有雪，收取书箱到明年。"

清末，有个叫作熊伯伊的人写了一首《四季读书歌》，说到了冬读："冬读书，年去忙，翻古典，细思量。挂角负薪称李密，囊萤映雪有孙康。围炉向火好勤读，踏雪寻梅莫乱逛。丈夫欲遂平生志，十载寒窗一举扬。"

读书，不管是春读、夏读、秋读还是冬读，要诀有三：一是读好书，这是关键，书读错了，贻误一生；二是多思量，就像熊老先生说的"细思量"，要体会，领悟，消化，化之为用，化之为己；三是用，活学活用。

读死书不行，死读书也不行，读书死更不行。读疯了，成范进；读呆了，成孔乙己；读笨了，成阿Q。

慎 独

《后汉书·杨震传》有故事说：后汉时期，杨震赴东莱任太守，经昌邑县时，县长王密知后连夜拜访，王密因感激杨震曾经的举荐，准备十斤金以酬谢，可被杨震拒之。王密说："暮夜无人知晓。"杨震义正词严地说："天知，神知，你知，我知，怎么说没人知道呢？"

俗语说："没有不透风的墙。""若要人不知，莫做亏心事。""若要人不知，除非己莫为。"先人还说："莫伸手，伸手必被捉。"这些都是慎独警语，切记。

不知是不可能的，只是时间问题。

不知，只是时下，迟早要东窗事发的。

慎独，在无人监督下谨慎从事很重要。

独善其身

孟子在《孟子·尽心上》中说："穷则独善其身，达则兼济天下。"要求世人穷而不失义，达而不失道。道义乃为人之初心也。

在传统文化中，"善"的基本要义就是"义"和"道"。离开道义，"善"则为伪善。有人常常佛珠挂胸前，其行为却不义不道，口出狂言。初一月半，常去烧香拜佛，但常为琐事与邻里闹得不可开交，不知"和善"为何物，善吗？

还是少一些佛的形式，多一些佛的内在。正可谓"心中有佛佛自在，心中无佛妄修佛"。

独善其身，以人为善，佛在身边。

网友是什么友

汉语中对"友"的解读是朋友。亚里士多德在《伦理学》中把朋友分为三种：彼此希望对方过得好，是善友；彼此有用，相互利用，利益交换，是用友；给彼此带来快乐，是乐友。而在我看来，只有第一种才称得上"友"。

如今网络时代，谁也见不到谁，在网上侃大山。所谓网友，是朋友吗？想想就知道了。

有人说，朋友要处得长久，首先自己把自己当朋友，要有真性情，要尊重自己，尊重别人。

用考验来交朋友，注定要失败。有故事说，想考验一下朋友，称要买车向其借十万元应急用。朋友真的拼凑了十万元送去，可他说"是试试您的"。结果可想而知，把朋友当成猴耍的人值得交往吗？答案你自己给，别人是不知道的，但吸取教训很重要。

说"悔"

悔，沙地人说懊忾。

其实悔在人生中多有发生。既已发生，想不必悔的。

寇准的《六悔铭》是很有名的："官行私曲，失时悔。富不俭用，贫时悔。艺不少学，过时悔。见事不学，用时悔。醉发狂言，醒时悔。安不将息，病时悔。"其实人生中的后悔之事何止这些？错把"翁仲"当"仲翁"而失官者有之，用人不当而被状告者有之。寇准就是在相位时被皇帝身边的人使绊子才被流放到雷州的，六十二岁终老于此。寇准该悔的其实是不应求官心切的。《菽园杂记》记载："寇准促白发以求相。"如果他不当那个宰相，其命运可能是另一个版本了。

悔不当初，常常被人用来形容后悔至极的，但能悔初者，不见有人，事后又悔，又有何用呢？

后悔的事，若能悟到点什么，也算历练了，不要太在意过往，悔而不悟者就得小心了。

不要后悔，但悔悟很要紧。

寇准出于对悔的醒悟，写下了名篇《六悔铭》。其实很多事情仅以悔了之，恐失偏颇。他流放雷州半岛，不在六悔之列。一个叫作王钦若的参政知事使坏，让寇准遭此劫难，王对皇上说："赌徒快输光的时候，往往会倾囊而出，称为孤注。陛下就是寇准手里的孤注，澶渊之盟不过是城下之盟，世上难道还有什么比这更耻辱的事吗？寇准为这样一个盟约而置陛下于最危险的境地，其忠与否，可想而知。"这些话导致宋真宗对寇准冷淡起来，后来竟免去他的宰相职务，降职外放。

防止小人使坏，也十分必要。故说："害人之心不可有，但防人之心不可无。"看来寇准的"悔恨"还真缺少"防小人之心"的悔。

由看花的羊说开去

从前,有这样一个故事,说:"三只牛吃草,一只羊也吃草。一只羊不吃草,它看着花。"

羊不吃草羊看花,这是文人给羊的定位。其实羊不吃草,是看花,还是想别的什么,这只能是各思所得了。

羊不吃草,揣度种种:一是吃饱了,二是不想吃。吃饱了自然不吃,看花,看景,看热闹,可见首要解决的还是温饱问题。不想吃也许是病了,应求医;也许是需要换口味,调理膳食结构,放正心态,饿了就会想吃。故而把不吃仅归纳为看花大概不妥。

羊会不会看花,是人的揣度,角度不同,站位不同,思维不同,自然各有答案。但有一点可以肯定,人是有智慧的,羊的智慧能否和人类相比,恐要打问号的,故把羊面对花发呆,就认定为看花,恐怕不见得靠谱。

羊对眼前事物久看不走，这是羊的自由，"发呆"是人的思维，不吃草，也许是吃饱了，也许是不想吃，站一会儿，歇一歇，也不一定是在"发呆"看花，不要过多解读。

拟人化是文学作品的基本技巧，但羊看花总让人感到缺些什么。独木桥上"白羊和黑羊各不相让"而双双跌入河中的这种比拟，似乎更合乎情理，也更有哲思。

理 由

人的行为总是有理由的,但是否在理,也很难说清楚。孩童贪玩,不爱学习,是有理由的:

春天不是读书天,夏天炎热好睡眠。

秋有蚊虫冬有雪,收起书包到明年。

明年,自然还是如此,这是不学习的理由。

而勤学者则说:

春光明媚读书日,夏蝉树荫读书天。

秋虫冬雪风光好,伴我读书到来年。

来年,自然还是如此,这是勤学善学者的理由。

吾乡沙地有个歪嘴者,日寇占领利民镇时,他常去碉堡打牌,日寇则利用其搜集游击队情报,称赢则归其,输则日寇付账。此人遂成为汉奸。理由很简单,只要动动嘴就可以玩乐,民族大义,全然不顾。当然其下场是很惨的。

"理由"中的"理",按照《韩非子·和氏》中所说:"王乃使玉人理其璞而得宝焉。"可解读为加工、处置。而一旦与"由"相关联,成了理由,便就由人而生,由心而起了。故而理由是随人随地随事而生的,并不靠谱。

理由,往往被解读成借口,但正当性、合法性的理由不在其列。

顺其自然

"自是'主动地'之意,然是'变成这样'之意。故'自然'非由行者所裁夺,乃如来的信誓也。"这是亲鸾《末灯抄》中的一段话。

禅语说:"鞍上无人,鞍下无马。"这是骑手马术的最高境界。

亲鸾(1173—1263),是日本佛教净土真宗初祖,他倡导的是抛弃自己、抛弃一切造作,让一切保持其自然姿态,并有效地加以运用。

哲人说,人来到世间,实属不易,为偶然也。

所以禅语说:"来是偶然,去是必然,顺其自然,尽其当然。"

活好当下最要紧,过去的让它过去。英文有句俗语:"gone by gone."意为"一去不返"。不要耿耿于过去,也不必怏怏不快和忧心忡忡于将来,只要踏踏实实地过好当下的每一天,做好当下该做的每一件事就好了。

顺其自然最好,但必要的努力也很重要。

鼠年说鼠

有副对联说:"鼠无大小皆称老,鹦有雌雄都称哥。"

老鼠不管大小,都以"老"冠之。多老?已有四千七百余万岁之长,可谓老矣。和人类五百万年相比,确实老,比人类年长四千二百余万岁,够老。

老鼠在坊间是很不受待见的,"过街老鼠,人人喊打",这是坊间人们的心情。但在中华传统文化中,老鼠却是多福的"子神"。俗话说:"一公一母,一年二百五。"还有句话叫:"仓鼠有余粮。"沙地坊间还说:"老鼠也防三年宿粮。"可见老鼠的储备能力是非凡的。

"鼠目寸光"是说鼠辈的目光短浅。但如果换一种思考,恐怕也不失为明智,即不要好高骛远,着眼当下,做好正在做的每件事,世间工匠就会层出不穷。

鼠无大小,皆称老。师无长幼,都称老,称归称,不要太认真就是了。

过去有一个血统论的谬论，说："龙生龙，凤生凤，老鼠生儿打地洞。"如果换个角度思考，确实不无道理。老鼠打洞是手艺，是求生的本能。不从小学会打洞，怎能生存发展。学会技能以术生存，这是常理，是很必要的。

按理说，鼠是不受待见的，但鼠对人类的贡献不能不说。

"猎"的繁体字"獵"，一开始捕为食者就是鼠。在周代，帝王视鼠肉为珍品，称璞玉，可见鼠为人类提供蛋白质的贡献有多大。

鼠是聪慧之兽。坊间传闻说：在一次属相排座次时，牛早早出发，鼠发现牛早上路必得第一，于是它跳上牛背，待到终点不远时跳下牛背，率先报到，排到了第一位。

二〇二〇年是鼠年，人们尊称其为"金鼠"。赞美归赞美，再怎么着，老鼠也只是老鼠。

也说世事

"世事茫茫,光阴有限,算来何必奔忙?人生碌碌,竞短论长,却不道荣枯有数,得失难量。"这是沈复《浮生六记》中的一段话。

"世事",即世间之事,的确是茫茫的。但一个时代有一个时代的世事。"秦时明月"和"今朝明月"似乎相同,但心境、环境绝不可同日而语。旧时候有旧时候的世事,新时代一定有新时代的世事。

其实,明月也是不同的。根据科学研究发现,月亮以每年几厘米的速度远离地球而去。如此算来,秦时的明月已远离地球好几米了吧。

碑

碑，有立字碑，即石碑；有口碑，为民间口头称颂。"银杯金杯，不如老百姓的口碑"，大概是对口碑的一致认同。

碑文高手韩愈所撰的《平淮西碑》却未能获得各方面的满意，结果被人磨去。

立碑立传，意为不朽。有不朽乎？很难说，也说不清。《平淮西碑》是记述淮西平乱之事，经皇帝准而立之，但李愬的部下石孝忠认为未突出主人功绩愤而推倒碑石，还杀了守碑人。其实未突显功绩，想必也包括当年石孝忠的"功劳"，故碑文到底有多少实话，其真实性也很难说。

人为声名所累，实在活得不明白，不自在。刻在石头上的不朽真成不朽吗？实在不好说。而真正不朽的是刻在百姓心中的，古今中外概莫如此。

石头上的字看看算了，不要太认真。

武则天身后也立了一块碑，但无文字，坊间人称"无字碑"。"无字碑"的解说版本颇多：说武则天功大如天，德高于宇，无法用文字可言；也说武则天的功德无法说，说高了怕遭人骂，说低了怕招来杀身之祸；也有说立个无字碑，让后人评说，放大对武皇帝的想象空间，如此等等，莫衷一是。

武则天想不朽是真的，还闹出了一个铸造天枢的闹剧：长寿三年（694），她竟在全国征集铁三百三十万斤，铜五十万斤造就"大周万国颂德天枢"，耗资百万亿，但就在武驾崩不日，唐玄宗便下令销毁。洛阳尉李休烈作诗曰："天门街里倒天枢，火急先须御火珠。计合一条丝线挽，何劳两县索人夫。"该朽的人总是要朽的，真正不朽的人在老百姓的心里。

成功与不成功

成功与不成功都是有结果的。

人们往往把马云当作成功的范本,其实他的成功是无数次不成功的结果。马云高考落榜,去酒店应聘服务生被拒。当搬运工、蹬三轮车,给杂志社送书,卖鲜花、礼品,到医院推销药品,等等,都无果而终,但最后他成功了。如果当年干的其中任何一项工作能得心应手,安身立业,后来的马云拥有的可能是另一个版本的人生。神探李昌钰,著名的刑事鉴识专家,起初做洗试管工作,其间无偿帮化学家做实验,潜心钻研,后升任技术主管。后从教,从助理教授一直至教授,后成警政厅厅长。一路走来,无不勤而奋之。勤而奋之,终走上成功之路。

现在大师们大讲成功之道,却没有一个谈及"不成功"的。如果能领悟到不成功的真谛,就离成功不远了。

有人说成功的经验是勤奋，其实同样适用"不成功"者。不成功，就是失败，失败乃成功之母，但不勤奋还是远离成功的。不要顾及别人的成功，要牢牢把握自己的当下，把自己核桃树上的核桃敲下来就好了。

马云是成功者的代表，但马云只有一个，而成功者却千千万万。失败者以项羽为最，项羽只有一个，但失败者却多之又多。还是做好自己的事：可为而不为之，谓之傻子；不可为而为之，谓之蛮子。傻子不可学，蛮子不要做，离成功就会近些。

功夫和工夫

功夫,国人指武艺。而沙地人说工夫是指时间——说有无工夫,是说有没有时间。

韶华,是美好时光的意思。唐代诗人戴叔伦《暮春感怀》中说:"东皇去后韶华尽。"抒发的是春去之感怀。秦观有词曰:"韶华不为少年留。恨悠悠,几时休。"

凡有功夫者,必化其韶华而练就,从这个意义而言,功夫和工夫是等而同之的。

有工夫练练功夫自然可以,但不能勉强,凡事顺其自然最好。把工夫用在自己最感兴趣的事情上,也不失为人生中的一件快事,亦可成为有功夫之人。

不住官邸

　　宁守茅舍，不住瓦房。这是我祖父顾仕超的性格。土改时，祖父分得瓦房两间，但他硬是不搬，后村干部在其下田时悄然为他搬入新居，无奈只得住下。但住不到一个月，他自己搬回了小舍，后一直终老于此。

　　平民如是，高官也未必不然。齐国有大官叫晏子，也是不愿住官邸的，一直住在原来的居所，齐景公劝其多次均不从。有一日趁其外出之际，齐景公便翻新了他的住宅，可他只住了不到一月，还是拆毁了新宅，恢复旧宅。

　　官家不住豪宅，恋民居，自然是好事，但更重要的是要为老百姓办实事。在江西浮梁县衙至今尚存对联一副："得一官不荣，失一官不辱，勿说一官无用，地方全靠一官；吃百姓之饭，穿百姓之衣，莫道百姓可欺，自己也是百姓。"这副对联是真实的，吾去过景德镇，见过，可信。

　　为官者，如对联所说，自己本来就是老百姓，不为百姓办事，何也?!

夜郎自大

夜郎自大是《史记》里记载的一个故事。夜郎国国君见到汉使者时，对使者说："汉孰与我大？"就是问问国家大小而已，何有自大之说？一个偏远的小国，也未曾去过汉，问问又何妨呢？一个江苏乡下人，未曾去过新疆，见新疆人便问"新疆有多大？比江苏如何？"这一点不奇怪，难道还会说江苏人自大不成？其实，这种事在现实生活中多之又多。现在的某些广告就是夜郎自大者。某品牌酒的广告，我看就是夜郎自大的范本。说几百年的传承，经多少次的检测，历多少工艺和工序，也算得上独家秘方？在中国市场，所有能上市的产品都是经过严格检验的，就是一颗螺丝钉也是经过多道检验和很多工序、工艺方可下线出厂的，这值得炫耀和张扬吗？对本应做的事、本应具备的品德，夸夸其谈，不是夜郎自大吗？

国有大小，人有高矮，夜郎可以，自大就不必了。

也说雪

瑞雪兆丰年，这是国人对雪的基本情怀。但沙地人似对雪并不待见，有人在落雪时玩乐自拍，则被讥讽为："落雪落雨狗快活。"沙地人说落雪和落雨，并不说下雪和下雨。雪和雨在空中形成，自然非头顶之事，从何处飘来谁也说不清楚，说"落"自然更精准。

昔日沙地茅舍居多，雪大积压，自然受承不起，当然不希望大雪漫天且连日不断的。但文人却是别有情思。唐代韩愈有《春雪》说："白雪却嫌春色晚，故穿庭树作飞花。"但在《晓春》中却说："杨花榆荚无才思，惟解漫天作雪飞。"

同样是雪，心境不同，感情也就各异。柳宗元有《江雪》诗："千山鸟飞绝，万径人踪灭。孤舟蓑笠翁，独钓寒江雪。"心悲凉，雪似凄凄惨惨，很是失落。但岑参的《白雪歌送武判官归京》中，雪似春风得意。诗说："忽如一夜春风来，千树万树梨花开。"

  大雪纷飞，有人喜，有人忧。李白在《北风行》中就表达了忧的情怀，说："黄河捧土尚可塞，北风雨雪恨难裁。"又在《行路难》中说："欲渡黄河冰塞川，将登太行雪满山。"同样是雪，有人却对酒赏雪。传说四个书生，高楼饮酒，忽见雪花初起，于是提议一人咏雪一句，凑成七绝。第一人脱口吟道："一片两片三四片。"接着第二人说："四片五片六七片。"第三人说："七片八片十来片。"第四人拍案说："飞入芦花都不见。"同样是雪，同样是山，视角不同，站位不同，心境不同，得出的结论就不会相同。

大 学

山里人考大学是为了走出大山以见外面世界,所谓"家贫子读书,地瘦种松柏"。古人给后人传承的大学,意义深远。

大学,古称大人之学。西周贵族子弟十五岁入大学。其深刻定位是:大学者,博学也;大人之学即是圣人之道。《乾卦·文晋》中说:"夫大人者,与天地合其德,与日月合其明,与四时合其序,与鬼神合其吉凶。"

大学学士要有道德修养,也要弘扬、倡导光明正大,以道德为操守,同时还要拥有亲民、近民和护民的基本底线,将其作为为官之道,以达到"止于至善"的目标。

朱熹把"明德,亲民,止于至善"视为大学之纲领。他说:"此三者,大学之纲领也。"

古时的大学生,较之如今时下的大学生乃至博士,学习的内容各异,但三原则是一致的。

先学做人，后学做事。真正实现中正仁义，恢复人心、人性，以达到"修身、齐家、治国，平天下"。

说众论

众论就是众人之议论,沙地人说大家评论。众论自然有公众场合的众人议论,也有私下众人的评说议论。故众论不足为结论,也不能轻而从之,察之才好。

陆游的《老学庵笔记》中有个故事说:高宗行幸扬州,郡人李易为状元。次举驻跸临安,而状元张九成亦贯临安。时以为王气所在。方李易唱第时,上顾问:"此人合众论否?"时相对曰:"易乃扬州州学学正,必合众论。"人笑其敷奏之陋。朝中重臣,口出此言,此乃天大笑话。学正,只是一个主管教育的官,当官的必合众论?乃谬论为是。

官者,皇帝为最,众论一致的好皇帝有多少?官得民心者,众论好官者,自然有,但不是所有。还是孔圣人说得好:"众恶之,必察焉。众好之,必察焉。"可见众论是靠不住的,不管众论好,还是众论恶,"察"是必需的。为何?众论是以

"群分"的。同一事物，视角不同，立场不同，就会有不一样的众论。

不要被众论左右，"察之，观之"很重要。

在沙地，众论，往往被理解为有人"谈量"。"谈"自然可以理解，但"量"需解释："量"者，衡量是也，也就是通俗的评头论足的意思。衡，自然要量其品、行、德、貌等。看来，沙地人说的"谈量"可以有，但要从正面去谈量，也就是一分为二：只说好，不妥；只说坏，就更不妥了。人非圣贤，孰能无过，但每个人总是有优长之处的，不妨多多谈量谈量他人之长处，有益无害。

左右说

左右，最简单的理解就是左手和右手。左右是人说的，其基准就是头，也就是头的两侧。但古人似乎把左右搞得十分复杂。《诗经·小雅·裳裳者华》中说："左之左之，君子宜之。右之右之，君子有之。维其有之，是以似之。"古人似乎把左右看作辅佐君王的准则。

其实左右应以有度为好。这个度就是左手所及和右手所够，这个"度"亦称之为"宜"。

上下是人的高度，而左手和右手伸展同样是人的高度，故上下左右是一个统一体，上不可过头，下不可过脚，这是立人之地，也是立人之理。

说 猪

猪，古称"豕"，是家的组成部分，即"宝盖头"下的一个豕。沙地人称"全家"为"一家络门"，就是传承"猪为家的一部分"印记。猪虽是家的一部分，但在门外，故"一家络门"，就是指把门外的猪除外，"把门络上"，"一家络门"即为除门外的猪，全部到齐的意思。因此，猪是家的重要组成部分，但在门外。沙地俗语说："养猪不赚钱，回头看看田。"养猪是为了积肥沃田而已。现如今，生活链被割断，猪肥不下田，排而弃之。家不养猪，也就是家中缺豕，猪自然珍贵，其身价飙升，真正实现了"天蓬元帅"的称号。猪的身价升至天蓬，这也许是《西游记》作者吴老先生早已料到的事，故称猪八戒为天蓬元帅，其身价确已顶天蓬了。

中国丝绸

丝绸是中国的特产，但中国一词到了英语却成了瓷器之意。

其实真正能代表中国的，非丝绸莫属。虽然丝绸之路（陆路及海路）上运行的有瓷器、茶叶、丝绸等，但独以丝绸之路冠之，实至名归。

丝绸在中国已有五千多年的历史，大约在黄帝时代，源头是河南郑州一带。传说是黄帝之妻嫘祖首先发现养蚕缫丝之法。

1981年至1988年，文物部门对荥阳青台遗址进行了六次发掘，在一具棺中发现了灰白色碳化丝织品，经鉴定属桑蚕丝织物，且经染色处置，时间可推至五千三百至五千五百年前。最为奇特的是该丝品经脱胶处理，也就是熟丝。

好心办好事

一般来说，好心总能办好事，但违背了常理，好心亦未必能办好事。故诗说：

好心办成好事多，违背常理亦成误。

实际出发最要紧，实事为民实事做。

在疫情期间，有人见未戴口罩者规劝，这是好心，但规劝不得体，恐难见效。"哎，这个时候，你怎么不戴口罩呀！"提醒者确实出于好心，但听着令人十分反感："你有门路买到口罩，发给大家戴戴呀！"看，这好心关照，却引来了恶语相向。但如果换一个口气是否好些？"疫情这么严重，你忘了戴口罩多危险？"语气不同，站位不同，好心也可能被人各种解读。如此说来，好心办好事，还真值得研究。以笔者之见，好心要办好事，必具三：一是真好心，二是真心好，三是真能办好事。其中有办好事的能力很重要。

中国红是什么红

中国人喜欢红，这特定的红，就是世人所说的"中国红"。中国红是历史的传承，是国人基因的永恒记忆。

《淮南子·天文训》说："日为德，月为刑，月归而万物死，日至而万物生。"日，是光，就是红，是万物生长之希望。《说文解字》说得更透彻："赤，南方色也。从大，从火。"被人推崇的燧人氏钻木取得火种，这是红色的源头，从此也改变了人类的生活方式。

人类祖先对红的崇尚，首先来自自身血液的基因，红是生命的象征，是革命红色基因的流传。

国人普遍喜爱红还有另一个原因：红是驱邪的利器。"年"是传说中的吃人的怪兽，但怕火、红、光。于是，人们过年的时候，常以红、火、光吓之，以保国泰民安，这就是中国人过年时必以红为主色调的情结。

中国红，就是中国人的生命密码和生活情怀，中国人住宅都是向南开门，谓之"向阳门"。因此，中国红就是向阳红。

挺身而出

挺身而出是国人的血脉相承，遗传基因，难能可贵。历史长河中众多英雄都是挺身而出的典型，如黄继光、董存瑞等。

中国古代第一个挺身而出名垂青史的人就是大禹。大禹治水，吸取了父亲堵而不疏的教训，他挺身而出，踏上了治水的艰辛道路。中国所有的湖泊、运河都以大禹治水之经验实施疏堵相结合。大禹一路治水，使水入江、入海。现今在吾乡启海边，人们还塑造了一座纪念他的雕像。

历朝历代，但凡政治集团、社会群体，总有人挺身而出的时候，国家一定兴旺发达。而一旦出现相互推诿时，国将不国，民不聊生。《明史》中有个故事，直到今天也很有教育意义：明世宗时，俺答汗进攻北京，要求互市，请通贡使。信中还称："如不从，休要后悔！"

大敌当前，本应同仇敌忾，上下一心。身为大学士的严嵩却推三阻四,还让礼部拿主意,而礼部徐介却要皇上拿主意,这些官员竟没有一个挺身而出的。

中国人能站起来、富起来和强起来,是由于一代又一代的共产党人挺身而出的结果。没有共产党,就没有新中国;没有共产党一代又一代人的挺身而出,日出东方、红旗如画的中国如何冉冉升起!

福

福，就是"希望人口有田"。和"福"一样，"富"同样是"家有一口田"者。看来，福与富，都很简单，有家，有田，人口安康是矣。

时下，把"福"张扬化，把它弄成社会病态，着实令人匪夷所思。有人以住豪宅、开豪车为福；有人以有权有势为福；也有人把钱砌在墙里，认为有钱是福，等等。但有朝一日，东窗事发，堕入铁窗生涯，此时方知"钱非福而祸也"。失去自由，方知自由之福。

钱无多少，够用就好。够用的标准是什么？祖宗给出的答案是：一家一口田足矣。

平 视

平视是人之常态。在人生的道路上，不管你在哪一个阶梯，总有人仰视你，亦总有人在俯视你，你永远不可能和所有的人站在同一个阶梯上。唯平视方能看清前方，走好自己选择的路。但千万别选择好走的路，不要追逐从自己身边飞过的东西，也不要退避后面追赶的人群。累了就歇歇，如果有劲，还是要在自己的路上往前赶。

人有高矮，平视自然不在一个水平面上，但高者有高平视，低者有低平视，只要平视就好。

平视人，别人是否报以平视不重要，因为自己平视不是给别人看的，而是自己的心态。人一生中心态很重要。

后有风景，上有热闹，不妨回头看看，要不然你的脖子也受不了呀。

王图霸业

历朝历代，统治中国时间最长之王朝当为周朝。这个朝代的基本政治是德政。

德政，真正从政治层面为统治者所用，始于吴起。吴起，战国时期卫国人。那么他的"德政"到底是什么呢？根据他的解读，德政的核心是亲民。要亲民，非治吏不可。吏是管民的，没吏不行，但不治吏就更危险。用当下时兴的话说，就是要让"权力关进制度的笼子里"，既要存在，又要有界限。

吴起所做的是：废除贵族世卿世禄制，贵族获得封爵超三代后，子孙后代不再承袭，对百姓庶民，如立军功可授爵禄；停征战，复耕空闲地，并迁徙贵族、豪强等，可充屯田垦荒。如此这般，楚国在当时还真的强极一时，但吴起不久就命归西去了，变法中道而止，楚终被秦灭。

好政策要有人践行才行，亲民只喊口号是没有用的，对权贵的制约，只是停留在制度层面，老百姓看着"亲民烧饼"，但吃不到，不还是画饼充饥？

齐宣王请教孟子治国之策。孟子说："保民而王，莫之能御也。"

以民为本，治国之正道也！

"德者，本也。财者，末也。"说的是以德为本，德治天下。"以德为本"和"以民为本"是同一道理。德治天下，就是施德以民，民得德治，自然诚服。但其中的关键点是治人有"德"才行！

耐住寂寞

耐住寂寞是要有一定天性和定力的。

在海拔四千多米的高寒地带,有一种植物叫作水母雪兔子,生长在碎石缝里。雪兔子一生只有一次开花的机会。为了积蓄力量以求奋力一搏,要在碎石缝间生长数年。几年的厚积,终于开花。香色俱佳的雪兔子花引来了雄蜂吸蜜,从而传播种子到远方。

一旦开花,它的种子就会裹着厚厚的外衣而落地生根,等待着下一个的生命轮回。

雪兔子耐住寂寞是为了生命的轮回,但也有在寂寞中死去的。

耐住寂寞,但一定要有在寂寞中爆发的进取向上的生命之魂。

寂寞自然会沉默，但沉默不一定是寂寞，只是不想说，不必说，不用说而已，但总有一天会说的。故沉默是寂寞的另一种暂时的无声。

植物如此，人亦然。沉默时虽无语，但内心必须强大，也就是默默地学，默默地做。

灶膛余灰

余烬，是很文学的词，沙地坊间都称灶膛余灰。土灶烧饭之所以好吃要归功于余火。

余烬，是草木给人类的贡献。人亦有余烬的，只是称余热而已。但很多人却分不清余热和发热发光的关系，往往把自己的余热用在"化钱"上，其后果很严重。"化钱"，就是把余热用在"熔化"钱的功力上。

我在岗时，一位官员混到了副部级，但退休后却偏要把余热发挥到极致，四处站位，为企业不遗余力，企图以此"化钱为己"。结果，此人现在还在铁窗中。

余热只能保持饭香，却不能煮熟饭，正如钱只能在高温炉中方可化，凭一点余热是绝对化不了一样。可见余热只能积善行德，如若想用余热去捞钱，实在是想多了，想歪了。

换一个角度看，用余热捞钱自然可恶，但正值年华去"捞钱"更可恶。钱可以挣，凭功夫，"捞"在任何状况下都是可恶的，也是很危险的。

石　子

　　路边的石子很多，但大多一直在荒郊野外，很少有人理睬。

　　孩子拿石子玩，造房子、搭桥、修墙。有人路过孩子的石子墙，不予理会，孩子指着其背影说："这就是不撞南墙不回头的！"

　　南墙到底是什么，孩子不一定知道，但对其玩乐的城墙不以为然，孩子自然很生气。

　　有挑夫路过，见有许多石子，便拢起往筐里装。孩子很是不解："那么多石子要玩多长时间呀？"挑夫笑着说："造房子。"石子真的能造房子？在孩子的世界里，石子用来玩玩是可以的，真能造房子？自然是个问号。

　　石子有的被孩子玩，有的用来造房子，真正体现了石子的自身价值。大多数石子，被丢在荒郊野外，无人问津，但总能成为一道路边风景，蛮好的。

　　石子，被孩子排兵布阵成了一道风景，被用来砌墙造房子也很值得庆幸，但待在荒野路边也是一道风景，随遇而安吧。

概　数

2019年4月的《视野》上刊登了一篇文章，一个大学问家反对历史概数而提出了一个十分新潮的词——"刷量"。不要说古代，就是近代，"刷量"一说也只是近几年的事。说薛仁贵在大非川战于四十万吐蕃大军是"刷量"。如此说来，薛仁贵遭遇的敌军不是四十万又是多少呢？又说《三国》中记载的大军二十万，演绎成八十三万，二十万还是八十三万，是否亲点过？不应该把文学作品、民间文学中的数据做实数考量，大概只有这位大学问家这么看的。概数说很多，千山万水，指的是哪千山，哪万水？有考证吗？广西的十万大山是哪十万座山？渡长江的百万雄师真的是一百万吗？最为不靠谱的是说日本的战败是不断夸大战绩的结果，根本忘记了日本侵略战争必败的根源。这不是"刷量"而是撒谎。

自古至今，概数说是中华文明，也是文化的传承。在众多数据中，唯独二万五千里长征一说是经查证为实的。概数就是概数，不要以实为真，而是要以心为好。

概数毕竟是概数，就是《史记》中所记载的数字也未必是经一一核查证实的确数，也千万不要把今天的"刷量"新潮词回放到远去的古时。因为古时没有"刷"一说，也没有"刷"的工具。

口　罩

　　口罩，因为一场疫情，一度俨然成了稀缺之物。追溯其历史，口罩最早出现于中国宫廷，侍者为防止皇帝的食物沾染上自己的气息而佩戴一种用蚕丝与黄金丝织成的巾。

　　真正为医生从业需要戴的口罩于 19 世纪末由德国病理学家莱德奇提出，他认为，人们讲话时带细菌的唾液会导致伤口恶化，于是他要求医生和护士在手术时戴口罩，能有效掩住口鼻。1899 年，法国医生做了一种六层纱布的口罩，缝在衣服上，用时，只需翻领即可掩口鼻。经多次改良，逐成今天可自由佩戴的口罩。

　　任何发明，都是不断改进、改良方为完备的，口罩亦然。

辞　官

辞官的理由有很多，有做烦了的，有断案不力的，有想家乡美味的，等等，心态各异。

从前有个老头，官做得很是一般，决定辞官回家。

其实官无大小，只要在其位谋其事，为民办一两件实事、真事，也算为官无悔了。

老头辞官回家，如果换个角度看，似乎也很好，若这样无为的官一直赖在位上，不作为，又作不了为，不如腾出位给别人，岂非更好。

"为官不为民做主，不如回家卖红薯"，大概很有道理的。

春去不用叹

春去秋来，寒暑交替是自然法则，不用感叹不已，重要的是享受当下，有春光就应享受，不要等到失去了才感叹，多不划算。古时有位诗人，春日踏青，去村中讨水喝，偶遇佳人，很是感怀。第二年又去，却不见其人，便写下一首绝唱："去年今日此门中，人面桃花相映红。人面不知何处去，桃花依旧笑春风。"如果当年和佳人多说几句，多待几时，今日何必又想起而不见其人呢？人是社会化的，去向是多之又多的，是远走，是生病，还是避难？不可捉摸。

面对春光将逝，杜甫叹息曰："且看欲尽花经眼，莫厌伤多酒入唇。"春光是用来享用的，若因伤感而饮酒，多不值！

只重当下，过去了就不要太在意，其实在意又有什么用呢？

幸无大小,有幸就好

大幸无期,小幸常有,这是人生中的常态。想乘车,车就来了;想买件东西,巧逢降价;想要和某人通电话,电话铃响了,也正是他,实乃小幸。有人把这种小幸称之为"小确幸"。

人生中常有小确幸,且小确幸成常态,是人生中的大幸。

不要小看生活中的小确幸,怀着对小确幸的无比欣喜,是人生中的一大快事。多积小幸运,心志自然就幸运。故沙地人说:"幸无大小,常有就好!"

德 政

德政，就是以德治政。

孔子说："为政以德，譬如北辰，居其所而众星拱之。"天下，是包括统治者在内的所有人的天下，和今天的天下是人民的天下的差别就在于是否包括统治者。把统治者包括在内的局限性，决定了人民的天下的不可能性。

统治者要统治奴化人民，人民哪有天下而言？就连谋生的田地也为统治者剥夺，何来天下可言呢？

人民只有推翻封建统治者，天下才能归人民所有。这种美好愿望在今天的中国才真正得以实现。

人民当天下，就是权力归人民。权，是一种木，属黄华木，质坚、硬、不移形。《广雅·释器》说："锤谓之权。"《汉书·仲历志》说："权者，铢、两、斤、钧、石也，所以称物平施，知轻重也。"出土的文物中，"权"就是历代官家称物之轻重的衡器，是秤的拜砣。故李大钊曾说："权无限则专，权不清则争。"故权须有制约才好。

美德无处不在

美德常被人拔高到正人君子的程度。其实不然，美德无处不在。无处不在的美德，有时小到一瞬而过，店家微笑待客，见人点头打个招呼，都是美德。有人称这种美德是"轻微美德"。

家巷口不远处有家专卖鸡蛋糕的小店，店门口每天排队长长，等拿到自己的那份着实得有耐心。店里的职员佩戴口罩，但脸上始终露着微笑，还时不时地对排长队的人群打招呼，她的微笑服务不是挂在嘴上，而是显露在脸上。

这种专注做蛋糕生意的人有如此美德，大概做其他营生也一样会人气旺旺。为啥？得人心所往。

美德无处不在，只要善待他人，都是美德。

凡钱就有出口

说钱有出口,是说钱是流通交换的;总在钱袋里放着,大概是来路不正的钱的命运。说有一贪官用钱垒成了墙,但衣着依然破旧,生活朴素,有钱不敢花呀,直到被逮走那天,他还坐在钱堆的墙下。

钱的出口,有的是一元的,有的是多元的,但日子一样过得有滋有味。而有的人紧捂钱袋,节衣缩食,就是想多攒点钱。

其实过日子,得花钱,不然这个日子怎么过呢?农耕社会早已过去,自给自足的生活早已不复存在,在钱成为货币且为财富的象征的时下,过日子就是花钱,就要为钱找个出口。钱这个出口,其实你不找,它自己会找上门来,柴米油盐酱醋茶,开门七件事自然都是钱的出口。

所谓生计，生就是生活、生存，计就是过日子之计，就是设计各种各样钱的出口。出口管好了，就是好计；管坏了就是毒计。钱是用来花的，但花是有计的，算计人不好，但算计钱很重要。

"三此"一生挺好

"三此"是朱光潜老先生提出的人生哲学。三此,就是此身、此时和此地。他说:"此身应该做而且能够做好的事,就得由此身担当起,不推诿给旁人;此时应该做而且能够做的事,就得此时做,不拖延到未来;此地(我的地位、我的环境)应该做而且能够做的事,就在此地做,不推诿到想象中的另一地位去做。"

近一百年过去了,看看,想想,今人,尤其有些有地位、官位、权力的人,"三此"是不是也很适用?

自然,"三此"不仅是为官之道,也是人生之道,用在学术上、工作上和所有的劳作中同样适用。

高位有高位人的"三此",平民百姓有平民百姓的"三此",过好各自的"三此",一生就挺好!

管好时间

时间人人都有,但稍纵即逝,管好了,就有成果,管不好,就会两手空空。

时间管理基本法则只有四个字——"沉浸"和"尊重"。"沉浸"是指要专注沉浸在你所专注的事业里,一心一意,心无旁骛地沉浸其中,必有心得,必有收获。

其实只有沉浸是远远不够的。关键在于你所沉浸之事,是否值得沉浸,譬如网聊、玩游戏等,整天沉浸其中,有用吗?值吗?这答案你想想就知道。人的立身之本不外乎有三:一是艺,二是才,三是体。艺,就是你的手艺、本领、一技之长等;才,就是你的才能;体,就是体魄。有人说"身体乃革命之本钱",直到今天,大概也不会过时,换一个说法:"身体乃立身之本钱。"也许在今时更适用。

人的一生时间其实十分有限,管好当下,着眼未来,你的目标一定会实现。

沉浸当下的事,尊重从事的行当,一定可以成为行家里手。

高低深浅生活路

俗语说："佛争一炷香，人争一口气。"有气则活，活就是生活。

沙地人对生活的理解更为睿智，人的生活，是由于活着而生出来的活，称"干生活"，生字音从"shang"。

人生的路，总是有高低深浅的。知者，生活就平稳踏实；而不知者，往往把自己引入绝境。

世间人的生活方式千种万种，但有生活质量的，无一例外都是些知晓高低深浅者。如若把道德置于功利之后，将良知放在诱惑之外，把私利隐匿于公益之中，定会冲昏头脑，就无法感知生活中高低深浅的真谛了。

活法各异，你尽可摆阔显富，仗权依势，尽可拥有豪宅、豪车，但你不能绕开地球的依托。

人生活，是在地上，不是天上，还是要安稳地在地上走踏实了才好。

候选人

这里的候选人,不是指官位、职位或种子选手者,而是指生命终结的替补人,从这个意义上说,人人都是候选人。

沙地人常言:"阎王路上无老少。"说的是候选人的去留是由阎王老爷决定的。有个小故事:一日,阎王老爷翻到某候选人后,便命差官捉拿。可当差官回来复命时,阎王老爷发现自己多翻了一页,此人不是应捉拿的候选人,便下令放回。于是该候选人还魂,起死回生。故事是虚构的,也没有阎王老爷一说,但寿终正寝的成语是真实存在的。

寿,虽有长有短,但总是有终的,终点在何处?且行且惜吧。

广 播

广播，现在大概很少有人听。但在二十世纪五六十年代，农村没有广播是不可能的，家居作息总是以广播为基准。乡间人往往说："广播响了，要做中午饭了。"这是广播的功力。于是，乡人一边做饭，一边听广播，蛮惬意。

时下，手机流行，谁还稀罕广播？可不承想，时下疫情来了，广播又时兴了起来。在小区，在街道，在人群中，常有手提喇叭者高声播放宣传防疫知识。有的乡村，村头巷尾还像当年广播一样装上了大喇叭，宣传防疫知识讯息，广播又响了。

可以说，广播又火了一把。看来任何事物，包括人，只要有用，总会有派上用场的时候。

消失了几十年的广播如今又响了，就是一个例证。

习　惯

习惯，习以为惯。也就是说，习惯是习而成惯的。

英国有个叫普德曼的学者说："播种一种行为，你会收获一个习惯；播种一种习惯，你会收获一种个性；播种一种个性，你会收获一个命运。"在这个公式里，个性是由习惯养成的，命运是由个性决定的。

习惯的养成非一朝一夕之事，长期坚持，方可奏效。养成习惯，是说养成良好的习惯，生活的方方面面，学习的点点滴滴。如果一旦养成了坏习惯，这就危险了。

好习惯是成功之助，坏习惯是毁人之路。赌博、吸毒也是一种习惯，一旦养成就危险了。

民心和人心

《孟子·离娄上》中说："得天下有道，得其民，斯得天下矣。得其民有道，得其心，斯得民矣。"可以理解为"得民心者得天下"。说的是民心对"公器"，即公权力的认同感，民心向背决定公权力的合法性、合理性、正当性和社会性。

曾有人在《南风窗》上发表一篇《人心的公式》，似乎把民心和人心等而同之，似有不妥。

民心是民意，具有群体性；而人心是人的良知和人意，具有个体性。人心没有这位先生说得那么复杂，衡量人心的标准是善与恶：善者，良心好，也就是好人心；而恶即坏，是坏了良心，是坏人心。

民心和人心是两回事，其衡量标准、方法也不一致，也有区别。但千万别把人心公式化，难道人心善良，还需要什么实力？难道没有实力就不是好心人？更重要的是，"实力"到底是什么？这位作者也没有说清楚，是钱，是权，还是别的什么，不得而知。但有一点我们自己知道，与人为善就是心存善，是好人心。

人心好，其实很简单，多行善多积德。把人心复杂化，实在是想多了。

还是先把民意和人心分清爽为好。

人生各有境界

人生的境界各不相同。田者，勤耕细作，祈望丰收有年；工者，用心做好自己的工作，终成工匠，很有成就感；武者，精通武艺，勇战疆场，报效国家。从事的职业不同，境界自然各异。

明代大将徐达宅邸有联："大江东去，浪淘尽千古英雄，问楼外青山，山外白云，何处是唐宫汉阙；小苑春回，莺唤起一庭佳丽，看池边绿树，树边红雨，此地有舜日尧天。"这是大将军的境界。

清末，樊增祥有联："金管纪德，银管纪功，斑竹管纪文，隆吾门望；奇花在庭，奇书在手，奇山水在目，适我性情。"这是文人墨客的境界。

浙江天台山方广寺有联："风声水声虫声鸟声梵呗声，总合三百六十击钟鼓声，无声不寂；月色山色草色树色云霞色，更兼四万八千丈峰峦色，有色皆空。"这是禅者之境界。

站位不同，境界自然不会相同的。

人以群分

人以群分，是古人留下的话，如今恰被言中。

网络时代，建群是常态。群有群主，群员网入其中，成一群，有事只要在群里一晒，群人尽知。

BP机时代，只要用BP机呼一下，对方自会应答。后来又有了大哥大，是笨重的手机，再后来才有了真正的手机。如今的手机功能繁多，可通话，可视频，可拍照，可上网等。只要你愿意，就可以加微信，真是相隔千山万水，如在同一屋檐下。但前提是要在一个群里，不入群，自然无法沟通；即使入了群，言不同道，谋不为一，也会被拉黑的。因为人是以群而分之的。

人以群分，物以类聚，是古人的经验之谈，如今网络时代已成现实。

学海无涯苦作舟

学海无涯说的是学无尽止,书无读全。

有个秀才,读了许多书,才高八斗,自认知识满满。

有一日,踏青至田头,见农人锄地,很想显摆一番,便对农人说:"我有一谜,你猜否?"农夫说:"说来听听。"

秀才说:"长腿小二郎,吹箫过洞房。欲饮朱砂酒,一拍见阎王。"

农人则说:"我先不猜,我也有一谜,说完再猜。'信号一声响,红娘上跑场,一圈一圈跑完了,不见红娘不见场。'"秀才答:"蚊香。""它是专门对你这个谜的。"农夫笑着说。

书是读不完的,知识也是学不完的。你没有读到,不等于书中没有。任何人不可自谓读完了书,只能说读了书,你所学到的知识,沧海一粟,故说"学海无涯"。"苦作舟"就是指苦心钻研,终有一得。学有成就无他,只有苦方成。"苦"作为舟,也只能在学海中荡漾,永不可能抵达彼岸。

苦读典范,当属匡衡为最,还演绎为成语——"凿壁偷光"。

威严无字

宋太祖赵匡胤，是洞察人心的专家。在他派将征平南唐时，决定起用曹彬为主帅。为防潘美不服，便在出征时对曹彬说："朕有书，必要时可焚香拆封宣，按其行事！"结果征战将士同心协力，大败敌人后凯旋。当曹彬交回信函时，赵匡胤对他说："可拆开一看。"拆开后竟是一张白纸，这就是威严无字。

威是严而得，本身无尊严，威不可得。狐本无威，群兽之所以逃跑，不是狐有威，而是跟在狐后面的虎有威。一旦狐后面的虎没了，狐狸尾巴自然就露出来了。

赋　诗

　　如今的文人墨客多会赋诗作词,但回溯春秋时期,赋诗却是指奏诗,点出现成的诗篇,叫乐工演唱,如同今天的点歌一般。

　　重耳在流亡秦国时,在一次宴会上就奏了一首叫作《沔水》的诗,诗说:"沔彼流水,朝宗于海。"秦穆公回赋一首《六月》,诗说:"六月栖栖,戎车既饬。"

　　孔子对《诗经》推崇有加,他说:"不学诗,无以言。"用今天的话说,不学《诗经》就没有发言权。

要面子，也要得体

清时有个叫作孙嘉淦的三朝重臣，他告老还乡时很是纠结。他一生从不贪财，所以没有攒下多少钱，如今就这么寒酸返乡，会不会被人笑话？为此，他在车队行李中装了大量的砖石之类以壮行色。不料有人举报说："孙嘉淦看着不贪，返家时带了好几车金银，定是不义之财。"乾隆派人查证发现，箱中全是砖石。乾隆很是感动，并令沿途官府将砖石换成真金白银，表示嘉奖。孙嘉淦既得到了真金白银的嘉奖，又得到了得体的面子。

面子与体有关，称体面。《鄘风·相鼠》说："相鼠有皮，人而无仪。"可见，体面者，需有礼仪。孔子赞其弟子子路（仲由）说："衣敝缊袍，与衣狐貉者立而不耻者，其由也与？"故而体面和穿着豪奢无关，只要得体就好。

历史上有个因穿着不合礼仪而遭横祸的故事：公元前559年的一天，卫献公命大夫孙文子、宁惠子两人不吃早饭，前去待命。二人等到日上三竿，仍不得召见，便去园林寻访，见卫献公正在射杀鸿雁。卫献公见二人时仍穿着射猎衣帽，随便和二人交谈起来。这下可气恼了二人。事后，二人发动政变，把卫献公驱逐出境。

看来，穿衣戴帽不可小觑。

笑　纳

近日，看到某地有欢迎标语："当好东道主，笑纳远方客。"感到很是纳闷。"纳"从古至今，都只能纳物，不可纳人。只有"纳妾"是例外，但反映了旧时藐视妇女的一种恶习。笑纳远方客，应作笑迎。笑纳，往往是送物之人的自谦之词，意为所送东西不好，请纳之而不要笑话。

《现代汉语词典》对"笑纳"的解释是：客套话，用于请人收下礼物。纳，收下；笑，有嘲笑、取笑之意，不是笑对方，而是说自己的东西被人笑话，不成敬意。因此，笑纳不是说请对方笑而纳之，而是笑自己拿不出手。

笑纳，往往用在人情往来上，但对官商勾结之事应另当别论。为官者，若遇上商人"笑纳"之事，千万别笑而纳之才好。

若"笑纳"了，笑到最后的既不是送者，也不是纳者。

乡　村

乡，时下为我国行政区划之一，古时亦然。但古时的乡要比现时的小许多，大概只有现时的村大小。甲骨文中的乡，二人面对着盛满食物的器皿，表示二人相向而食。《周礼》中说："五州为乡，使之相宾。"所以才有了乡亲、乡邻、乡音、乡情、梦乡、醉乡、睡乡等词，都是表示人回到原地的意思。

人不管走多远，飞多高，但家乡总是难忘的。故有"老乡见老乡，两眼泪汪汪"，那是激动之情，乡情之泪呀。

乡村需要建设，也需要与时俱进，但守住乡村之根很要紧。

神　仙

有关神仙的故事总在发生。在浙江金华兰溪市流传着一个神仙"耍赖"的故事。说当年铁拐李和曹国舅下棋时，吕洞宾使诈激怒了李，李欲挥杖教训吕洞宾，吕逃之夭夭。八仙在此下棋，于是红石岗改名为"八仙岗"。八仙本没有，但八仙过海、八仙岗的故事却存在。其实八仙岗是恐龙的足迹遗存，因恐龙的故事不多，如果叫成"恐龙足"，既不洪亮，又无故事可编。八仙岗自然就好听多了。

仙人的故事是人编的。是人创造了仙，才有了仙人，与其说仙可救人，倒不如说人救了仙人更合适。

堂邑父其人

张骞出使西域的事迹被载入史册,为世人津津乐道。但人们在纪念张骞的"凿空"之功时,有没有想到一个于"凿空"之功不可或缺的人——堂邑父呢?

《史记·大宛列传》中对他的记载十分简单,说:"堂邑父故胡人,善射。穷急,射禽兽给食。"他的地位低微近乎仆役。归汉前,堂邑父以射猎谋生。善射游猎四方,故可通晓许多方言俚语,遂成通晓多种语言的善译者。若张骞西出无堂邑父随其身,张骞或许无法成就大业。言不通、意不达,如何交流?

张骞出使西域,随从上百人,遭匈奴长期扣押,最终人员尽散,但堂邑父始终不离张骞半步,既是向导,又是翻译,每到一地,每次谈判,堂邑父都翻译自如,各地语言他都能听懂,这是他当年为胡人时游猎历练的结果。

百余人的出使队伍，生还者唯张骞、堂邑父两人。回朝后，汉武帝封张骞为太中大夫，授堂邑父为奉使君。

今天，当我们畅谈"一带一路"陆上丝绸之路时，千万别忘了当年的草根平民堂邑父。俗话说："一个篱笆三个桩，一个好汉三个帮。"张骞若无堂邑父之帮，不要说功成名就，活着回来就是一大难题。

人的地位高低各不相同，技能亦各有长短，但为国家尽力了，历史就应记住他。

馒头和金子

金子是很值钱的，但和馒头比，有时候还真不如馒头。

一日，有两人赶路，一人带有大量黄金在身，一人为赶路充饥背有馒头在身。不料，两人行色匆匆，竟然都迷了路，久不得出其山。身有金子的，实在饥饿难耐，便用金子换馒头。有馒头者说："换不必，送一个可以。馒头是赶路充饥用的，不是卖的。"说着便送了一个，拔腿就走。

没有馒头有金子之人是否走出了大山，不得而知，也无后续故事，但带有足够馒头者是走出了大山的。看来这个时候金子确实无用。

价值和有用是两回事，不要弄错了。

清时李调元的《淡墨录》中说了一个故事，也和黄金有关。故事说：乾隆年间，吴县人陈初哲，中状元后很是得意，野游乡间，遇上一位妙龄少女，很是钟情。但女孩很淡定，喊母前来，女孩母亲便问陈初哲："你是何人?"答："状元也。"母亲又问："状元是什么东西?"答："状元是皇上出题批卷的第一名。"母女又问："那几年出一个呢?"答："三年出一个。"那女孩笑着说："我以为是千古一人呢，原来三年就可以有一个的。"陈状元便拿出两块金子送给母女。

母女大惊说："这是什么东西?"陈说："这就是钱啊，你们可以买任何东西，买衣服，买吃用，一辈子不会受饥挨饿了。"

母女恍然大悟："家有桑树百株，良田数亩，哪有挨饿的时候?"说罢，竟把金子丢在地上，闭门而去。

有双手就会有馒头，要黄金何用呢?

时　机

时机是由"时"和"机"构成的，一个十分精准，饱含哲理的词，常言道"机不可失，时不再来"，就像不会有第二个今天的早晨一样。

有一个生存的法则叫"啐啄同时"。

"啐"是说蛋中小鸡将破壳时用嘴吮蛋壳的声响，"啄"是母鸡在外面啄蛋壳的动作，二者必须同时进行，过早或过晚，小鸡都将不得成活，这就是时机。

人的一生中有众多时机，但都是稍纵即逝，如果能把握住每一个时机，定有另一番天地与作为。

当年，我初中毕业恰逢招飞行员，我去报名，结果瞳孔放大检查时，因不合格被淘汰了，倘若当时未被淘汰，我可能就是飞行员了。

时机众多，机会也不少，但属于自己的只有一个。

简单最好

人的生活简单最好。满身珠光宝气很是累赘，有人就因戴着项链被人跟踪抢劫的，还差点丢了命，很是不值。

简单是人生的乐事。衣食住行方面简单了，生活就快乐了。衣不必华丽，但也不可太破；食不必精致，但需饱足；住不必豪，但需挡风避雨；行不必车马闹腾，但需安全便捷——其中的"行"还应包含行为。

行为不必夸张，但需稳重严谨。生活需简单，但脑子是不能简单的，简单了就会上当受骗。要懂得世上没有免费的午餐，也没有免费的早餐和晚餐。有人说住宾馆有免费早餐，其实这是脑子简单的结果，试想，你不去住宾馆，有早餐可用？所谓的免费，其实早包含在住宿费中了。

脑子是越用越好使的，千万别怕用脑子，凡事用脑子多想有益无害。

人怕"老",终生被"老"所吓:小时怕"老狼来了",上学时怕"老师来了",上班了怕"老板来了"。其实都是心态不好弄的,若心态好了,怕什么?心态良好,生活简单;简单了,就快乐了。生活快乐,多好!

植 物

自然界是先有植物，才有动物的，故植物远比人类早到地球。植物需要阳光、安静，光合作用就是财富，给人类无限的馈赠。

平原有平原的植物，山地有山地的植物，沙漠也有适应沙漠的植物生存。

植物供养了人，人类理应善待植物，但事实却令植物失望：化肥、农药、杀虫剂等，都铺天盖地洒向植物。如今有了一个新名词，叫作"有机蔬菜"，真的有机？不得而知。

植物是值得人类学习的，从卑微的小草到高大的树林，从艳丽的花草到饱满的果实，都值得人类效仿学习。要学习植物的适应性、向上性和向阳性，只要有土有水就信心满满，蓬勃向上。

人类远比植物高等，有智慧和能力，定能攀向山峰，走向顶巅。科技成果日新月异，这是人类智慧的造化，但善待植物很要紧，没有植物，人类的智慧无济于事。

脸 面

脸面是脸和面的结合。但沙地说脸，称"面孔"，以"孔"称之，其实是比较精准的。孔者，七窍也，耳、鼻、眼、嘴，国人称七窍，也是俗称的七个孔。

人要脸，树要皮，没有脸，人不行，但没有脸面也并不伤大雅。脸面只是一种外在装饰，风光的脸面，很有气派，很有尊严，很有气场，但细想起来，脸面风光，却是打肿脸充胖子，又有多大用处呢？不要脸是万万不行的，但不要脸面是切实可行的，还是量力而行吧。有条件的，摆摆场面，脸面光鲜也无可厚非；但千万不要装腔作势，脸面摆足，债台高筑，是不划算的。

不要脸，沙地称"不要面孔"，是骂人的，粗话不要说，文明之风一定要有，面孔一定要，但脸面就量力而行吧！

再说"井"

井是家的形象,背井离乡,就是别家远离。这时的井是饮水的井,可上溯到河姆渡时期。这时的井是方形的,也是后人为"井田制"命名的来源,并演绎出许多成语:井然有序,井井有条。

"井"最开始同"阱",即陷阱,是旧石器时代人捕猎的法宝。水井因有水,商品繁荣,形成集市,称市井,"商必就市井"。由于市井的形成,也形成了形形色色的人,故称"市井小人"。古人赋井以德——井水源自地下润出,泉源不息,滋润人事不穷尽,这就是井"所施不私"的品格。随着自来水的出现,井逐渐消失,井是没了,但井的品格不能没有。

(本文之所以名"再说'井'",是因为曾经在《闲话沙地话》一文中说过井。)

话

话，是由言和舌组成的。话从口出，也是口的重要功能。管好口，就是管好了话。但话多好，还是话少好呢？祖宗留下祖训是不确定的。因为"少说为佳""病从口入""祸从口出""沉默是金"等都是说少出口的；但也有"知无不言，言无不尽"，老年人应做到"唠、劳、俏"，唠就是唠叨，多说话，这些都是指多说话的。故话多话少都有古训。看来话多话少，有两个尺度：一是时机，二是量度。但问题来了，什么是话多和话少的时机？这个答案其实笔者也不知道。至于度，知者就更少了，待自己在生活中体味顿悟吧。

侥幸和幸运

侥幸,按照《辞海》的解释是:企图偶然获得成功或意外免去不幸。《后汉书·吴汉传》中说:"上智不处危以侥幸。"《庄子·盗跖》则说:"妄作孝弟,而侥幸于封侯富贵者也。"《礼记·中庸》中说:"小人行险以侥幸。"

而幸运是运气,没有概率的,如得五百万大奖,纯属幸运、运气之类,谁都有可能,但谁也不可能。

不要指望侥幸,更不要相信幸运,脚踏实地,做好当下正在做的每一件事最重要。

侥幸是偶发的,没有规律,不管是脱险还是得到都是偶尔有之,不能指望侥幸过日子,勤奋、打拼、谋划是关键。审时度势,是谋划的基础。

幸运是机缘,无概率可言,幸运与否都不必在意,真正要在意的是眼下把自己的事办好。

惜时奋进

惜时奋进，就是要珍惜光阴，奋力奋进。

陶渊明曾言："盛年不重来，一日难再晨。及时当勉励，岁月不待人。"

"岁月不待人"是真理。但对"岁月不待人"的领悟却各不相同：有"行乐须及春"，有"今朝有酒今朝醉"等；但也有"及时当勉励"，更有"朝为田舍郎，暮登天子堂"的奋斗者等。是作乐，还是奋斗，各有所思。但"时"对每个人都是公平的。

人生的选择很重要。时间就这些，用好了，用足了，大概都有收获，只是太小、多少不同而已。

生活低调好

时下，有很多高调生活的人，即使没有什么可显摆的，自己健身跑步也要晒在朋友圈显摆一番。有钱、有权、有势，活得很高调，其实也无可厚非，只是一举一动都让人关注就没有必要了。更有甚者，弄些绯闻之类炒作一把，提高被关注度，那实在令人不齿。

不论是商人、农民、工人或学者，凡有品位和有成就者都是低调生活的。

有位作家，在朋友圈里几年甚至十几年不见踪影，可突然冒出一本几十万字的书，待到人们品读赞美不已时，他又消失在人们的视野里，不知躲到什么地方体验生活去了。低调不是被边缘化，也不是被人遗忘，更不是无能和无颜见江东父老，而是一种自信，也只有自信的人会安于低调生活。

人生不必太张扬。做低调人，做低调事，过低调生活，蛮好。

伯乐其人

伯乐，在人们印象中是位识才辨能，唯才是举的人，很少有人将伯乐与经济相关联。其实，伯乐是实实在在的经济行为人。而经济行业的祖师爷应为《吕氏春秋·尊师》中说的段干木。"段干木，晋国之大驵（zǎng，市场经济人）也，学于子夏。"在这支经济人队伍中，除段干木外，还有伯乐等人，他们都以相马为名，活跃在马匹的交易市场，如同今天的中介行当，只是古时交易的是马匹，而今时交易的是房产。

"中介"，无本经营，全凭嘴吃饭，故古时称其为"牙人"。到宋朝，牙人成为正式职业，颁发类似于今天的营业执照的木牌，以此作为执业资质。明清时期，对牙人中介的范围又做详细的划定，只能在范围内从事中介活动，不得越界交易，且在交易场中要有人担保。如发生意外，担保人亦受到牵连。可见，伯乐是一个识马的中介商人。

伯乐是识马的行家，但识马不一定能识人，现实中被伯乐相中的人才却无功，比比皆是。

搂饭筷

搂饭筷，不是筷，是两根用粗线相连而成的、长尺许的棍状物，是用来搅拌饭粥的。昔日沙地做饭或粥，没有搂饭筷是万万不行的。

搂，搅拌之意，延伸为搂事，就是挑拨离间。沙地人的搂，用处颇多，淘米、洗菜说"在水中搂一搂"，水里捉鱼说"先搂一搂"。

搂饭筷，是昔日沙地灶上必有的物件，如果没有了搂饭筷，那意味着揭不开锅，断炊了。搂饭筷是生活必需品，也是沙地人昔日生活艰辛的象征。如今搂饭筷早已湮没在历史进步的长河之中了，但无论如何，搂饭筷精神不能没有。记住搂饭筷的功绩，也要永存搂饭筷精神。

搂饭筷虽不是筷子，但此筷重要，无筷尚可用匙之类，也可用手抓，但搂饭筷不能没有。当然，煮大米不用搂饭筷，但沙地人在昔日能够吃上米饭的又有几家？

如今人人吃米饭，搂饭筷却消失了，但常想当年先辈吃麦饭时的情景，不是没有益处的。

偷冷粥

"偷冷粥"是我小学时一个同学的外号。因家贫,鞋袜无着,常穿一双大脚趾透出的鞋,小朋友给他取了这个外号。其实,在那个年代,穿破洞鞋的很多。"偷冷粥"其文字语意应为"透冷足"——透,露也;冷,冻脚也;足,脚也——不是偷粥,也不是冷粥。

现在的人鞋子样式多,名目繁多,且时有名牌鞋。"透冷足"是不可能再出现了。

人富了,总想变着花样弄点新潮,破鞋是不穿了,但好好的衣裤总是弄几个破洞,未破又补贴上几块;好好的衣裤却要撕烂边缘,弄得很另类。这为什么?笔者百思不得其解。但也有一个普遍认同的答案——"新潮时尚"。

"新"应该指创新、发展、创造、前进,若弄些莫名其妙的"怪异"来吸引眼球,这个"新"迟早要让人类失明的。

人富了，心却很穷，不划算。人富了，心态、境界也随之丰富才好。

心富才是真富。

养　生

　　时下养生名目繁多，有人吃保健品，也有人做保健操，也有人用养护品等，商家便瞄准养生群体，推销其商品的保健功能，健身衣、养生裤、健足鞋，不一而足。

　　其实，身体如同机器，影响其寿命的因素是多种多样的，倘若本来就是破铜烂铁打造的机器，再怎么着，它的使用年限很是有限。身体有其先天性，后天精心养护也可延年益寿。这就是"生死在天"的说法。

　　有专家说，病是查出来的，查出是关键，只要找到了病因，大多数的病总是有法可治的，所以体检很重要。

　　人的健康，主要取决于三：一是基因，基因是先天性的，任何人无法改变，什么样的保健品都没有用；二是环境，倘若整天生活在一个污染严重的环境里，致病是必然的，只是时间问题；三是行为，别作，作是指自作自受，熬夜、酗酒、打架等恶习，身体如何受得了？

不要相信灵丹妙药，药补不如食补，适度锻炼，合理膳食，按时作息，就会远离疾病。

境　界

境界一般指人的心态。

老子对境界的解读具有独到之处。他认为天地万物都是一样的，都是自然进化平等的产物。这就是对天人合一更深的理解。《孔子家语·好生》中有一个故事：楚王打猎时丢弓一把，但他阻止下人去找，还说："得弓者也是楚国人，何必去找？"孔子则说："楚王的境界尚不够，既然失弓者都是人，得到者也是人，又何必计较是不是楚国人？"老子对孔子的这句话颇有感触，认为既然人得之，何必计较是什么人呢？漫画家丰子恺先生对境界阐述得更到位。他说人生应有三层楼：一楼住物质，二楼住精神，三楼住灵魂。物质是基础，精神是柱子，灵魂是房屋空间内容。只要有了坚持、拼搏、奋斗的精神，人就会变得富有。走正道，灵魂一直被净化，这时的房屋就会充实、稳固、牢靠。

盗和贼

盗，就是强盗。贼是偷。两者罪行同是掠人财物，但其行为还是有所区别的。《明清笑话集》有个故事说："两贼夜入室偷，一人被蝎子蜇而失声，另一人则掐了他一把。被蜇人便还手扭打起来，惊动主人，即被捉住。"贼偷东西不出声，这是做贼的常识。但盗则不同，尤其强盗，不但出声，还大声吼，这就是打家劫舍。

盗是靠武力，贼是靠功夫。功夫不同，窃取财物也不一致。盗不怕人，而贼怕，故"不怕"比"怕"更可怕。

日　新

启东沙地有条日新河，是当年张謇先生开办垦牧公司时修的一条浇灌和排污并用的入海河。河头有座桥，称"日新河头"，当年很是繁华的。

如今日新河没了，日新头镇也随之被废。

"日新"一词源自《二程集》。"君子之学必日新，日新者日进也。不日新者必日退，未有不进而不退者。"这就是不进则退的道理，用时下的话说，就是应该与时俱进。

清时有个叫张伯行的人说："若不日进，便是心有间断，私欲相乘，非昏则倦，日退必矣。未有半上落下，能站得住，不进而不退者。"

日新有三：一是生活。人生活在世间，万物万事一直变化无穷，此乃日新之常态。二是生存。要生存，务必不断适应变化着的环境，这叫作随遇而安。三是感悟。人生活在世间总有许多感悟，只是悟得多、悟得透，就成大师。感悟是随事随物而不断更新和发展的。故人生非日新不可。

《礼记·大学》曰："苟日新，日日新，又日新。"《康诰》曰："作新民。"《诗》曰："周虽旧邦，其命维新。"都是要求人日日拼搏，不断自新。

知福常乐

知福常乐，是知足常乐的另一个版本。

中华民族对福十分重视，祈福从古时便盛行。有"五福"一说："一曰寿，二曰富，三曰康宁，四曰修好德、五曰考终命。"

知福，就是对当下的幸福要知足，不要身在福中不知福。对福的理解因人而异，有的人认为身体健康是福，有的人认为有钱就是福，有的人认为有权有势就是福，不一而足。其实，福并不复杂，当下能保持生活常态就好。

是否有势，是否有钱，都是无标杆衡量的，有多少钱算有钱？衡量标准可能很多，其实也简单："够用就好。"但另一个问题是：多少算够花？这是物欲的问题，无法衡量。

各有各福，日子过得下去都是好日子。好日子就是福，知福常乐。

勤是宝，终生有效

贫困并不可怕，可怕的是懒。勤是宝，终生有效。

曾国藩是晚清名臣，他是勤的典范，他说："家俭则兴，人勤则健。能勤能俭，永不贫贱。"

"好吃懒做"是沙地人说那种又懒又馋的人的词。春种秋收，春天播下种子，秋天才有收获，这就是一分耕耘，一分收获，这是天道酬勤的真谛。

人们常说"家和万事兴"，其实"家勤万事兴"来得更确切。不勤，家业如何兴旺发达，"和"只是"齐心勤"的基础，固然很重要，但只和不勤，恐难兴家旺业。

换个角度，是战胜逆火效应的法宝

逆火效应，是指当一个错误的信息被更正后，如果更正的信息与人原本的看法相违背，反而会加深人们对原本错误信息的信任。

人的知识、阅历千差万别。信念要坚定，但思维可以换个角度。俗话说"退一步海阔天空"，这是站位不同得出结论不同的最好诠释。

火逆着风就会越烧越旺，这是火仗风势的缘故。如果持火顺风而行，火会越来越小，最终会灭。

很多事情，常说反思。反思就是换位思考。

从对方的角度思考一下，很有益处。

"逆火效应"的另一个反思站位，就是多从别人角度考虑问题，千万不能火上浇油，火上浇油是十分危险的。说服别人，不如诚恳改变自己。因为别人不好掌握，唯独自己可控制。诚信、理想和信念是不能改变的，叫作"不忘初心"。

苏轼的为官之道

北宋元丰三年（1080）正月初一，苏轼携其长子苏迈启程离京，用了整整一个月，于二月初到达黄州。

苏轼到任不久，一场瘟疫席卷黄州，他当即拿出一个名叫"圣散子"的药方急救乡里。

"圣散子"是苏轼发毒誓从巢谷大师处得来的，并保证绝对不外传。但为了救民，苏轼还是违誓拿出来了。

苏轼精通医学，对《伤寒论》《千金方》《药性论》等均有研究。"圣散子"药方极为复杂，药材名目繁多，作为官吏，若没有"为官一任，为民一方"的胸怀实在是很难有此德行的。

官为民，得民心，得民心则得天下。作为一方官吏，自然得治下一方平安。

现下的公务员，向苏轼学习也是很有益处的。公务员，就是为公共事业服务的人员，真正把公共事业（大家的事）办好，办实了，才算完成了"为人民服务"的任务。

唐代也有一位为民的好官——韩愈。韩愈得罪朝廷被贬潮州。当时的潮州可谓是蛮荒之地，巫术盛行。韩愈到任后，大力开办学堂，广开民智民化。到宋代，潮州就出了一百七十二名进士，当地为纪念他的官德，立碑记之。碑文说："若无韩夫子，人心尚草莱。"

官为民，民必记得他！

黄河九曲长江长

黄河九曲，名副其实。黄河之水从三江源头始北上，后俯冲南下，然后迤逦向东，倾向大海。其沿岸之曲说九曲不为过。由于挟带的黄泥土太多，成就了天玄地黄的中国龙本色。黄河给人们带来了福，也带来了河水泛滥的灾祸。

长江发源于唐古拉山脉，向西南深谷流去，袭夺金沙江，流入四川，纳入沱江、岷江、嘉陵江，聚西水，始成洪流。大江东去，纳湘水资源和赣江、清江，又挟江水，过南京，逐流海，形成了江海平原。直到今天，长江之水不断东推搬沙，一直向东延伸。如今吾家乡启东海门，依然不断有新的沙洲涨出。

黄河和长江有一个分水岭，南为东海，北为黄海。吾乡位于江北，黄海边上，尚有黄河冲刷成的黄泥沙，为难得的黄泥螺提供了独特的黄泥沙滩。黄泥螺美味个大，为泥螺之佳品。

故诗说:

　　　　黄河九曲长江长,入海分流汇成洋。
　　　　黄海滩头长江尾,向东搬推群沙涨。

加油的由来

加油,自古以来一直是人类生活和生存的重要活动。马车、战车、耕作劳作之车都要加油,使车轴减少摩擦力,以便转动灵活。

人类生存离不开灯,初始的油灯自然要加油。俗话说,"灯不挑不明",而不加油就不会亮。

说到油灯,民间有个十分可笑的传说。说明时宰相刘伯温一日得知有人发现诸葛亮的墓地,想了解一下自己和诸葛亮哪个更神算,于是决心下墓去一探究竟。进墓后发现,诸葛亮的长明灯依然亮着,一旁还挂有字条,上书:"老刘,老刘,赶快加油。"弄得刘伯温惊讶不已。

故事自然是民间杜撰的。其目的就是想说诸葛亮确实是神机妙算的,一个三国时期的人竟能算到明时有人来探墓,且还是一个姓刘的,真可谓"前算八百年,后算一千年"。作为民间传说，笑笑即可，不必当真。

另有一个真实版的加油，更接近现时呐喊的加油。说张之洞之父张瑛在贵州为官时，做善事极多，第一善事就是劝人读书，鼓励人们勤学苦练，常派人夜挑油桶巡夜，若发现有人夜读，便为之加油一勺，以资鼓励。这是真正的加油。

真正意义上把加油用作鼓励口号的，出自杜鹏程《保卫延安》一书："同志们，加油干哪！"这就是今天风行全国的"加油"发源地。

加油，虽无诗意，但铿锵有力，声响四方，确实是鼓励士气的好口号。

网

网是人用来打鱼谋生的工具。可如今却是一个把自己网住的年代。购物、信息、娱乐、聊天等都可以足不出户，网上自有。把自身网在一个网圈里，信息海量，可经过过滤和筛选了吗？人云亦云，更甚者还添油加醋，弄些新闻传播，以求点击量，结果被传为谣言，因散播谣言而锒铛入狱，这是被网进监牢的典例。

沉迷网络，这就是作茧自缚。茧尚可化蝶，人却着迷不可自拔，的确是人的悲哀。沉迷网络作茧自缚，罪不在于网，而在于网上人。网上信息多，去伪存真了吗？分析判断了吗？消化吸收了吗？学会为己所用了吗？如此多问，多想想，恐怕只有益不会有害的。

网络，自然是人类进步的重要成果，但弄不好，被网"死"了，成了科技时代的牺牲品，怪可惜的。

网是死的，人是活的。在网上，只动手和眼是远远不够的，要多动脑子，网中之事是真是假，动脑子想了才明白，明白了再行动不晚。

网是一间房，人在屋里，心系世界。千万不要作茧自缚，沉迷网络。在网上多学习点知识，对自己有用，对人类有用。

艺术修身不如劳动养生

美国有个叫作库尔特·冯内古特的作家说:"来吧,投身一种艺术,不管你做得多差或是多好,它都会让你的灵魂生长。"这话听起来很优美,但艺术不能"养生"。

这里我说的"养生"是培养自己生存的能力。艺术很高尚,但不能养生,尤其当自己的艺术"有多差"时,更是如此。郑板桥画的竹堪称绝世佳品,他靠卖画度日。他画的梅也出神入化,但是由于他邻居画梅,并以卖梅画维持生计,为不使邻人断生计,郑板桥便弃之不画,很有风范。修身养性,自然重要,但其方法也多之又多,似乎是一定要有某种艺术方可为之,这是妄语,不可信。

劳动才是创造财富的唯一途径。不管什么行业,都要劳动方可获益。

倘若处在衣不蔽体、食不果腹的状态,奢谈艺体之类是没有人理会的。

艺术修身并不错,但前提是解决温饱。

半斤八两

"半斤八两"是指各半的意思,其含义大多为负面的。说这两个人半斤八两,也就是说这两个人的人品能力都差不多,不怎么样。

半斤八两是指十六两制,十两制半斤则为五两。但传统文化,不是轻易能改变的,坊间还是称半斤八两。历史传承,永远如此。正如儿歌"我在马路边捡到一分钱",不因为现下一分钱不用了就不唱一样。传统文化、传统习惯是几千年来形成的,不以人的意志为转移。正如腊八粥、正月半等民风民俗的流传。

故有诗说:

半斤八两各半是,如今已是十两秤。

传统文化说传统,坊间俗语是传承。

发　力

发力,就是使出浑身的最后之力。沙地人形象地称之为"使出了吃奶的力气"——时下流行说"洪荒之力"。

体育竞技获胜者,都是掌握最佳发力时机的智者,起始是热身,发力都在最后。长跑一开始在前面者不一定能最先冲刺终点。运动与人生极为相似,要努力奋斗,但也要学会放松和放弃。放松,自然可以理解,文武之道,有弛有张。放弃,就是放弃通过努力尚不可达到目标的事,不要过于纠结,要学会放弃,换个思路,换个角度,审时度势,另选目标,也许可以如愿以偿。

发力,要选准发力点和发力时机。有人说,用一根杠杆可以撬动地球,那是选对发力点的结果。发力点很重要,但发力时机更重要,倘若发力点选对了,但发力时机没有掌控好,恐怕也很难有收获的。

农家种地，凡行家里手都是智者，种、管、收都有发力点和发力时机，那就是农时。俗话说，误一时，误一季。蚕豆必须在寒露前后种植，过早、过迟都不行。

季节不饶人。

学校原来是欢乐的地方

学校，是一个欢乐的地方。学校的英语是 school，来源于古希腊词语 skhole，意思是休闲时间。这也许可以解释为只有吃饱了闲来无事，不用劳作的人才去上学。看来，学习的本质就是，先温饱后上学求知，这是硬道理。

如今，学校成了追求名利的竞技场，小学的周边满是补习班、升学指南班等，似乎只有参与其中，方可获真经宝典，成才有望，出人头地，这和 school 的初衷相去甚远。

时下提出减负。减负，不如不负，把 school 变成寓教于乐的地方，这个负自然就不复存在了。负担可以减，但抱负不可减。

但换个角度思考，在校只是玩乐真的没有那么好，毕竟人的生命有限，少壮不努力，老大徒伤悲。学校是欢乐的地方，但努力学习增长知识，也必须在学校完成。

褶　皱

褶皱，是两个概念，由"褶"和"皱"组合而成。

"褶"属美学范畴，如裤缝褶，有利落之美；军人被子总是折成豆腐块，有整齐之美。但皱就不同了，人们不欢迎皱的存在，尤其脸上的皱还要通过美容去除。衣服、被面出褶皱总要弄平才好。弄平褶皱，先要拉伸其他平面，皱自然就消失了。这既是平复皱的方法，也是处世哲学。不要总着眼于皱，把皱以外的拉伸了，皱自然也消失了。细想起来，人生处理其他事情也颇为相似：不要总是纠结当下遇到的"坎"，绕过"坎"，把可以做好的事做好了，回头一看，"坎"就没有了。

廉和赚

中国人的造字功力可谓巧夺天工。兼为人与人之间的关系，有兼及他人之意，沙人说"念兼"就是念及和兼顾他人的意思。

赚，兼顾的是钱，念及的也是钱，就是沙地人说的"钻进钱眼里了"。但正当的赚钱方式，是无可厚非的。商人总是要赚钱的，不赚钱，何以为生？只要光明正大、来路正当，多赚又有何妨呢？

我们赞美廉，也不要反对赚，但为官者廉为必需。与廉、赚相似的还有一字——谦。谦，是兼顾他人的一种言语美德，称谦虚，是在言语方面顾及他人的一种虚怀若谷的情怀。

谦虚是美德，但过分谦虚即成骄傲。任何事情都要有个度。

蜂　蜜

蜂蜜，常被形容甜的物质。蜂蜜是甜的，但养蜂却是很苦的。

一个四川的养蜂人，由于家乡近年油菜种得少了，便只身来到云南养蜂。

养蜂人要赶花期，到处追花，业内称"转坊"。春暖花开时，他便离开云南转坊，第一站四川绵阳；四月份，一路西行来到甘肃天水，追逐油菜花、洋槐花和苜蓿花，再去定西、白银、武威，再回天水；至十一月又启程回云南育蜂养蜂，等待来年的又一轮回。

人生不易，各行各业都各有艰辛，但也各有快乐。沙地人说"条条蛇咬人"，说的是干什么都不易，干好自己的事最好，随遇而安吧！

也说"闲"

《中老年时报》刊了一篇名为《身闲而心不闲》的文章，竟然把"闲"分门别类，新奇不已。闲，木头是用来派用场的，却被紧紧地困在门内，英雄自然无用武之地，曰闲。闲就是无事可做，不管是有意无意，愿意还是不愿意，都是无事可做，只是心境不同而已。

俗语说："有心栽花花不活，无心插柳柳成荫。"大概是说，人是要勤奋拼搏的，但不能给自己设限。设限，就是给自己设圈套，设限越多，圈越多，圈套就越牢，久而久之，就会束缚成茧。栽花可以，但栽得太多，无法顾及，花不活，亦属必然。要学会放松心态，身闲且心闲。

元朝戏曲家白朴的《天净沙·秋》："孤村落日残霞，轻烟老树寒鸦，一点飞鸿影下。青山绿水，白草红叶黄花。"这里的意境不是"闲"，而是"静"。

善始善终

《诗经》中说:"靡不有初,鲜克有终。"说的是初始做事总是好端端的,但很少有善终的,这是忘了初心的结果。

《道德经》中说:"慎终如始,则无败事。"这就是说不忘初心,可达目标。老子还告诫说:"民之从事,常于几成而败之。"

慎终如始,这是善始善终的根本保证。

任何事物都是发展和变化的,要得善终,必须持之以恒,随时、随地、随机地改变策略,以适应变化了的事物,采取相应的对策。要不忘初心,牢记终极使命。

要做到善终,必须慎于微处,慎于初时,防微杜渐。微者,渐之始也。微时不慎,遂至渐大不可收拾,自然是很难善终的。

臣不如人

有一副对联说:"所到处随弯就弯,君其恕我;者些时倚老卖老,臣不如人。"

臣当然也是人,不如人,只是不如常人百姓逍遥自在,不可以畅所欲言。臣者,君之伴,伴君如伴虎,在虎身边做事,危险至极,一旦虎发威,伴者非死即伤,哪有常人安全。但话又说回来,伴君生活虽危险,但生活条件也优越呀。看来,付出和收益还是平衡的。

有个老板一直抱怨自己辛苦打拼,比员工辛苦多了。但有人问他谁得的报酬多时,他哑然了。你辛苦,你得到的也比员工多。付出和收入平衡时不必抱怨,只是选择和站位不同而已。

随弯就弯,是顺势者行为。有弯不弯当然成莽撞,危险。

倚老卖老,换个角度看,毫无保留地传授技能和知识也是很可贵的。卖"老"不好,"卖"知识技能当可。

学古践生话桑麻

学古，就学习古人。践生，就是以古人的高尚情操践行人生。

苏轼是今人可学的古人。他才气横溢，重情重义，乐观豁达，热爱生活，与人为善。今人若能如此，自然也是人杰，也可做到"一蓑烟雨任平生"。

范蠡也是值得学习的古人，功成名就之后懂得急流勇退。

范蠡还是成功商人的典范，三次经商至巨富，又三次散尽家财济助他人，实在了不起。

乡村还得有人住，有人居，桑麻总得有人种，都进城了，乡村家园谁来保护？

农村要振兴，桑麻要有人种，要使山绿水绿。绿水青山，就是金山银山。

批颊自省

批颊，就是扇耳光。自省，且自扇耳光，此乃大悟者。

清康熙年间，有个大臣叫佟风彩的，他的自省正如他的名字一样十分精彩。一日，他被皇上任命去河南巡视。此时他年事已高，却勤奋不已，办公至五更，灯下批阅文书。有一日夜深人静，想起昨天有一事尚未完，便自扇耳光作响，还说："佟某，汝为朝廷大臣，封疆之重，皆汝屑之，奈何老不任事如此？"

自扇耳光以自省确实够严厉的，也给后人棒喝了一回。自省当需，但扇耳光不要效仿。尤其如今的公务员，不必为之，也不可为之。但自省还是必需的。《论语》有云："吾日三省吾身：为人谋而不忠乎？与朋友交而不信乎？传不习乎？"如今公务员所要自省的是：人民大众的事是不是全心全意地去做了呢？国家和党的各种方针政策是不是牢记心中了呢？

有自知之明，就是自省达人。"省"很重要，"践"更要紧。

内心强大比什么都重要

内心强大者，都是放得开，收得拢，心胸豁达，不计一时一事的大睿智之人。

《水浒传》中的人物林冲可谓豁达聪慧之典范。遭人陷害，家破人亡，走投无路之际还有志而发，写下："仗义是林冲，为人最朴忠。江湖驰誉望，京国显英雄。身世悲浮梗，功名类转蓬。他年若得志，威震泰山东。"这种豪迈且悲壮的诗句，内心脆弱者绝不可为。

同为好汉的武松也是内心强大之人。上景阳冈，酒家再三劝阻千万别去那大虫出没之处，可武松不怕，因为艺高人胆大。

人生总会碰到不同的槛，跨过去了，就有门，有出路。有个很有成就的人，有人问他："在你成功的道路上，你最为感谢的人是谁？"他毫不犹豫地说："我最感谢在我最困之时给我设置障碍的人，没有他，可能我今天不会这样。"内心强大了，把障碍变成动力，风雨过后，阳光一照，光明无限。

从红芒子说开去

红芒子,一种虾。因其芒极细,且微红,沙地人称为"红芒子",在 2020 年 4 月 6 日的《江海晚报》上,有文人在启东采风时写了一篇《舌尖上的通城》,文中称之为"红莽子"。这种虾,芒极细长,但却不莽。

秦统一了文字,但无音标注音,文人既下去采风,可多采民话民风,不妨多问问,听听坊间民语和语义再下笔。

红芒子不莽,但不动脑子,就会干出莽事来的。

被误解的秦修长城

秦始皇修长城，在民间多有负面的传闻，最多的说法是"劳民伤财，还弄出了一个孟姜女哭倒长城的故事"。至少在吾上小学时老师是这么说的。

而现代学者经研究发现，长城是秦始皇"由攻转防"的经典之笔。

有人算了一笔账：如果当年派八万大军征讨匈奴，耗银一千万两（其中包括粮草、运费），而八万大军大多为庄稼人，不善骑，是否有胜算，是打问号的。

但秦始皇征五万民工，用时两个月，长城即成，用银子也只有一百万两，且长治久安。这个账，是在明成化年间，蒙古鞑靼再度进犯陕北时，一位大臣向皇家递交的。

于是，长城不断相接相修，成为固国安邦的代名词。如今，长城的防御功能不再，但长城的威名犹存。

九省通衢

"九省通衢"就是形容一个地方四通八达的意思。

时下,人常称武汉为九省通衢,其实在中国,称九省通衢者是很多的。

山东南部的滕州,古时称滕县,明万历二十三年(1595),为纪念南北官道通畅曾刻碑记文,说:"滕县系九省通衢。"这是历史上最早被称为九省通衢者。

清初学者郑端写了一本《政学录》,说:"顺治十八年二月台臣刘源浚疏称河南为九省通衢。"

在许多笔记、方志、诗词、奏疏,以及史书中提及的九省通衢就更多了,山东、淮安、定远等地,都被称之为九省通衢,但都不扬名。看来,扬名还得有人张扬。

说樱桃

樱桃小口，是形容女人口小而美的。但回溯古代，樱桃还是身份的象征。

后梁宣帝在《樱桃赋》中说："懿夫樱桃之为树，先百果而含荣。"

在刚刚收获新物之际，将新鲜的食品献祭于神灵，这种祭祀仪式称"荐新"。《礼记·月令》中说："羞以含桃，先荐寝庙。"到汉朝时，正式将樱桃荐新从古礼变成汉制。《汉书·叔孙通传》里说："通曰：'古者有春尝果，方今樱桃熟……'因取樱桃献宗庙。上许之。诸果献由此兴。"

到东汉时，皇帝开始用樱桃赏赐大臣。到唐代，还邀官员重臣去园中采摘，设宴庆贺。樱桃成了官家身份和地位的象征。但凡中进士、状元或升官答谢之宴请，樱桃都是席中重头戏。

现时,樱桃已进入寻常百姓家。

樱桃还是樱桃,如同人的地位一样,人还是人,但人的幸福感和获得感,古人无法预料。

上行则下效。由于唐上层社会对樱桃的崇尚,文人墨客争相追捧,在唐诗中,竟有一百多首有名的诗文是颂赞樱桃的。

草根者乐为真乐

草根者乐，衣食无忧，自由自在。乐在田，乐在居，乐在种，乐在收。故草根之乐，可谓真乐。

明朝洪应明的《菜根谭》中说："人知名位为乐，不知无名无位之乐为最真；人知饥寒为忧，不知不饥不寒之忧为更甚。"道理很简单，饥寒者可奋力求生，而无饥寒者，不思进取，则后患无穷。

人总是要经磨炼的，亦称历练。这也是寒门出人才的缘由。寒门人不奋斗，不勤而拼之，人才也难形成。

看来，不管是草根，还是名门望族，不勤奋，不会有真乐的日子。

复 仇

报复的深层次就是复仇。

复仇是海格力斯效应，俗称"以牙还牙"，典出希腊神话故事。说有位英雄大力士海格力斯一日出门，见路边有一个鼓鼓的袋子。踩了一脚，袋子更鼓了。他怒而用棍子砸，反而越砸越大，眼看路都被堵住了。有个过路人见状说："它就是传说中的复仇袋，你不理它，它便小如初；你越砸它，它越和你做对。忘了它吧，走自己的路。"

民间说"冤冤相报何时了"，就是这个道理。

人际交往，不要耿耿于怀，适当宽容，该忘的就应忘了。人与人相遇、相聚是一种缘分，要珍惜才好。但家国情怀、民族大义不能忘记。"人不犯我，我不犯人；人若犯我，我必犯人。"这个我是"大我"，是民族大义，不是"小我"一时之利。民族大义是不可忘的，忘记就意味着背叛。

牛尾蝉首

有这样一个故事：四川杜处士喜书画，珍藏书画作品数百件。其中有一幅戴嵩画作，惜爱有加，美玉做轴，锦缎做套，经常随身携带。一日，他晾晒书画，牧童见之，笑曰："牛在相互斗争时，力量用在角上，尾巴夹在两条后腿中间，但这幅画却是牛摇着尾巴，错了。"可见名人之作也未必全是对的。

张大千是画画大家，有画作《绿柳鸣蝉》：一蝉头朝下伏枝，欲飞状。名人之画，自好评如潮。一日，齐白石来访，看过此画后摇头说："不妥，画工好，但画意不然，谬也。"接着说，"蝉上枝头，或高或低，头永远是向上的，从不向下。"

实践出真知，艺术源于生活。

逆境人生更可贵

人一生中顺风顺水，一马平川者少，多有逆境时光。逆境不可怕，可怕的是不奋发。

杜甫一生坎坷，五十岁时，写下《百忧集行》，回忆年少时"一日上树能千回"。年轻时气盛力强，不要说上树，干什么不是身轻如燕呢。

"峣峣者易折，皎皎者易污。《阳春》之曲，和者必寡；盛名之下，其实难副。"是东汉李固《遗黄琼书》中的名句，沙地人说的"出头椽子先烂"也是这个意思。逆境时不能卷曲不伸，人总是要有精神的，叫作"富贵不能淫，贫贱不能移"。

为名所死，不值

人大多有名利之思，但若为名利而死，真不值。

有成语叫作"怀刺不适"，说的是后汉祢衡，才华横溢，却久不得志，怀中常常揣着"刺"，"刺"就是如今的名片。

怀揣名片，求见名人。但名人要见他才行，光有"刺"还真不行。怀揣名片的祢衡总是遇不到贵人，最终被曹操逐出京都。直到被江夏太守黄祖杀害时，怀中的"刺"已是字迹模糊，破烂不堪。名片烂了，名未成，为名而死不值。

但换个角度思考，拜名人为师，师从名人也无可厚非。拜师学艺，总想学有所成，名师出高徒，崇拜名师也在情理之中。但问题有二：一是名师是否愿意收徒，二是名师是否善育徒。拜师之后重点也有二：一是勤，二是悟。勤是学徒基本功，悟是学成的必要条件。俗语云："师傅领进门，修行在个人。"就是这个理。

海

沙地人近海，靠海，傍海，以海为家，但对于其他地区的人而言，尤其在古代，要见到海实属不易，于是就有了认知的偏差，逢水便以"海"呼之，"洱海""海子"等，其实和真海相比，只不过一潭湖水而已，和海相去甚远。

海和湖泊的根本区别，不单单是水的容量，而是潮涨潮落的潮汐，以及潮涨和潮落的生命节律。故赶海人，沙地人称之为"跑海人"，国人称之为"弄潮儿"。

《孟子·尽心上》中说："孔子登东山而小鲁，登泰山而小天下，故观于海者难为水，游于圣人之门者难为言。"孟子告诫弟子们说："观水有术，必观其澜。日月有明，容光必照焉。流水之为物也，不盈科不行；君子之志于道也，不成章不达。"

水潭是不会有澜的，还是到真正的大海边去看海吧，有水不一定是海，但海必有水。

井上方一定有天，但井上方以外的天更大。

西天取经

《题尼莲河七言》是玄奘之作:"尼莲河水正东流,曾浴金人体得柔。自此更谁登彼岸,西看佛树几千秋。"

尼莲河现改名为帕尔古河,是恒河的支流。相传释迦牟尼曾在此河沐浴,在此河西边不远处菩提树下见金人悟而得道。诗中的金人便是释迦牟尼。传说佛教传入中国有"金人入梦"的故事。汉明帝梦见金人,高大庄严,问群臣为何方神灵。答:"西方之佛。"于是,汉明帝便派人去天竺求佛。可见,西天取经,早在汉时已有。

汉朝取经之人虽未被世人津津乐道,但"经"肯定是取到的,不然,唐时的玄奘怎么可能谈到《经藏》《论藏》和《律藏》之经呢?故玄奘称之为"唐三藏"。

看来,西天取经者是汉明帝派遣的使者,和张骞出使西域一样,都是凿空之人。

锁

"一把钥匙开一把锁",是因人施教的绝妙哲学。

锁是防人的,但也往往困了自己,一旦钥匙丢了,被困门外,便锁住了自己。

人的内心世界有锁不奇怪,怪的是门总锁着。不开门是很危险的,屋内空气无法流通。没有阳光照进来,总阴着,是会发霉的。霉即毒,毒即病,心之门不开则成心病。

内心必须有阳光,但无锁也不好,不思就开口,脱口而出,思想也会遭来祸端。

心中有锁,但需有门。该锁时锁上,该开时门必须敞开。故诗云:

心中有锁亦有门,门锁相连相依存。
无锁有门门难防,有门无锁门亦枉。

师　生

师生是一组人：师，老师；生，学生。

教书育人者就是老师，是永久的职业。但没有永久的老师，教书匠永远在授教，但没有永远的教授。师生关系，就像后浪推前浪一般。教师推生，生前行，学有所成，是师推之功。

学无止境，但没有永久的学生。学生成师，师又成生，也是常有之事。

老师要备课，学生要背课，都很辛苦。如同盘中餐，粒粒皆辛苦。老师虽苦，但往往苦中作乐，苦而有果，很有成就感。

老师留一手，不全教会徒弟，是自保的一种手段，不要太过于责备。老虎威而大，但它曾是猫的徒弟，属猫科。一日，虎以为老师猫的技能都学到了，便想先吃猫试试身手，猫见状而逃。老虎紧追不舍，猫快速上树，并对着树下老虎说："幸亏没有教你这一招，不然今天吾命休矣！"

老师留一手，不要先怪老师，要先想想作为学生，是否遵循了师道尊严呢？

呆若木鸡

鸡有五德，这是《韩诗外传》里说的：头上冠像帽子，是文德；足后有距，能斗，是武德；敌在前敢拼，是勇德；有食呼同类，是仁德；守时不失，准时报晓，是信德。

《庄子·达生》中说了这样一个故事：周宣王好斗鸡，令纪渻子训之。经过四十天的训练，纪渻子把斗鸡训练得锋芒内敛，但看上去呆若木鸡。

周宣王看着呆若木鸡的斗鸡，神色凝重地说："它能行吗？"纪渻子说："准行！"呆若木鸡一走进斗场，其他斗鸡竟无一敢应战，惶恐异常，尽数避之，逃之夭夭。

呆若木鸡的状态，临危不乱是底气使然，两敌相逢，勇者胜。呆可以，但呆头呆脑不行，呆若木鸡是斗鸡的最高境界。

修篱种菊

修篱种菊是陶渊明的心志,他说:"采菊东篱下,悠然见南山。"而"在心里修篱种菊"却是现代人说的。"真正的平静,不是避开车马喧嚣,而是在心中修篱种菊。"这是大隐之风范。古人云"小隐隐于野,中隐隐于市,大隐隐于朝"。在庙堂之上隐而不露,的确是大隐之高人。

只要心中有篱,种菊还是种其他花,形式多而又多。因有篱在胸,不贪恋外面喧闹,也不会贪恋官位之类,心态一定好。若无篱在胸,虽身在田野种花,但总想着有朝一日飞黄腾达,一旦失控,很是危险。

在心中修篱种菊确实不易,心中有篱,不贪世外荣华,隔而篱之,且还种上菊,内心一片金黄透亮。

说愚蠢

愚和蠢组合为愚蠢。其实,愚不一定蠢。

"大智若愚"看上去"愚",但很有智慧,属智者。

胡适老先生是反对愚蠢的,他说:"任何事情我都能容忍,只有愚蠢,我不能容忍。"

愚蠢、愚昧,都是不学不习之故。往往与贫穷有关,当然也与先天因素有关。但成因不外乎不肯学、不想学和无法学三种。不肯学是厌学,荒废学业,终成笨。不想学,是兴趣所致。我小时有个学友,学习不行,但他劳作课上却是大放光彩,往往赢得老师叫好不已,后来还进了建筑队去北京修缮故宫,这种相当体面的活,就是兴趣使然。无法学者,成因有二:一是贫,家贫无法完成学业;二是病,身体不适,无力支撑学业。

笨,不是愚蠢。笨,只要勤而奋之,敢用笨劲,同样可以取得成功的。但愚蠢鲜有成功之例。

  不读书会笨，但只把书顶在头上，不潜心研究，便成木头一根，这就是古人造"笨"字时想到的形象。竹简（书）只在头上不行，必进脑，勤思考，读书方有长进。范进、孔乙己都是读过书的，但读疯了，读傻了，怪可惜的。

  "地瘦栽松柏，家贫子读书。"读书可以走到外面世界，直到今天也是很有现实意义的事。

疏与堵

大禹治水,家喻户晓。禹的父亲鲧却是一个治水失败者。父子命运如此差别,其原因就在于对疏与堵的认知。

鲧治水之所以失败,就在于逢水必堵。堵而溢,溢而泛,泛而灾。

但禹的思维是疏,疏导使之畅通,疏而顺,顺而平,平而安。水,总是自西向东流,顺其流向,引入河,河入江,江归大海。与大海相通,水患自然就少。大禹治水确实是到过东海边的,在我家乡启东海边,还立有大禹的雕像,很是壮观。雕像是人们对历史人物的敬仰。大禹时代,不要说启东这样的地方,就是南通也是在汪洋大海之中,启东的成陆时间不到三百年,大禹如何到得?人未到,但大禹精神是中华民族的共同记忆,立像祭之,无可厚非。

治水需要疏,也需要堵。只疏,水全入海,百姓如何生存？水是人的生命之源，无水不可活。故把水堵住也十分重要。于是人们既堵也疏，二者结合。水入湖，入泊，入河，入沟，构成水网，这就是疏堵结合最为人性化的标志。

治水用水如此，社会治理同样适用。

农民进城卖菜，城管要堵；小贩推车运来杂货，马路要堵。路是堵了，可城里的日常生计并不顺畅。如今开放马路市场，并有夜市开放。疏通了买卖，不再添堵了，但如若不加管理，不引导维护，马路也会堵的。

疏是为了不堵，疏堵相结合大概会好些。

活到老学到老

活到老学到老，是人生的常态。不管是高人还是平民，一概如此。小时学走路，老来学使用拐杖、轮椅等。一生到老总要学而习之。《论语》有言："其为人也，发愤忘食，乐以忘忧，不知老之将至云尔。"

老之将至，这是自然规律，无法抗拒，人人平等。但不要总想着人老了便无所事事。要有"不知老之将至"的精神状态，干力所能及的事，做自己感兴趣的活，这就是老趣。其中"力所能及"很重要。超负荷，加压负重，自然体力不支，房倒屋塌就很不值。

活到老学到老的真谛是"与时俱进"。如今的老年者年轻时电灯泡还是稀有之物，上课用汽油灯算是高级的了。如今"电"的名堂实在太多，不学还真难适应。再过几十年，是什么样呢？说不清也说不好，但有一点可以肯定，进入新时代，一定要随时学，随时习。寿命与学问无关。寿短而有大学问者历来众多，寿长者有大学问者也不少，但寿长而无建树的也广而有之。

家乡有个果农，园艺极佳，往年种果树出售，常常供不应求。为了使果树更好，便千方百计外出学艺拜师。人家说："你已经年逾古稀了，还学个啥？"他的回答只有一句话："活到老，学到老。"

生命总是会有老之将至的那一天，但未至之前，还是学不止为好。

用人才方可成伟业

用人有两点：一是用对人，尽其才；二是人才用尽，尽其责。善用人，用人才，业必善终。如若用了庸才，业必不可终。

春秋五霸之首齐桓公可以算是善用人才的睿智者。

春秋时期，齐国的公子纠与公子小白争夺君位，管仲和鲍叔牙分别辅佐他们。管仲曾用箭射小白，小白装死逃脱。后来小白即位为君，史称齐桓公。鲍叔牙对桓公说，要想成就霸王之业，非管仲不可。于是齐桓公重用管仲，鲍叔牙甘居其下，终成一代霸业。后人称颂齐桓公为春秋五霸之首。孔子说："桓公九合诸侯，不以兵车，管仲之力也。"司马迁说："天下不多管仲之贤而多鲍叔能知人也。"

管仲有才，但他却曾是齐桓公的仇人，这就是用人不避"仇"。鲍叔牙其实也是有才之人，但他自知不如管仲，便向齐桓公推荐管仲，甘心屈居管仲之下，是大度之贤者。

人有高矮，业有精疏，用人才，用对就好。

敏于行，讷于言

"敏于行，讷于言"，是说不善言辩，但内心很有学问者。冯友兰老先生是大学问家，可称才高八斗，学界巨匠，但他的口吃是出了名。大家沈从文也是十分口拙，站在讲台前十分钟竟然说不出一句话来。看来，不善言辞者不一定肚里无货，只是口齿不伶俐而已。但话又说回来，善言辞者，肚里有货的也比比皆是。

在我上初中时，有位师长就是肚里有货，且能言善辩，流畅表达，还能根据书意给出画面，十分动人。

善言辞者，往往会说出人意想不到的话语，这叫语出惊人。

士为知己者死

朋友间如达到"士为知己者死"的程度,大概就是交友之最高境界了。

中国是礼仪之邦,历来重视交友之道。"桃花潭水深千尺,不及汪伦送我情",反映了朋友间的友谊之深。人类社会,道义大概是相通的。在国外也有一个真实版的"士为知己者死"的故事。

公元前四世纪,意大利的皮斯阿司和达蒙是真正的朋友。皮斯阿司冒犯国王即将被处死,由于他想和远在百里之外的母亲告别,便让达蒙代其坐牢。

当刑期到时,皮斯阿司却迟迟未归,达蒙只能为其代死。正要行刑时,皮斯阿司突然赶到,大声说:"该我受死!"当即,换下了刀下的达蒙。二人被后人称之为"真正的朋友"。

文武之道各有志

在中国传统文化中,儒学备受尊重,武功之道却少有宣扬。

儒学要传承发扬,但保家卫国的武力必须强大。时下,莘莘学子勤学苦攻文化知识,殊不知强身健体也很重要,国防意识、护国卫家的理念也十分要紧。从小学一点军事知识,习武尚武也十分必需。

历史上有这样一个故事,说在南北朝时,出身于儒学之家的宗悫,从小便有远大的志向,他刻苦练武。叔叔问他长大后的志向是什么,他豪迈地回答:"愿乘长风,破万里浪!"

宗悫在元嘉九年(432)投到刘文恭军府,开启了他的"乘风破浪"之旅。从军十五年,从新兵一直打拼至统领百万大军的统帅,官至上将军。元嘉二十三年(446),归顺刘宋王朝的林邑国发生叛乱,宗悫便请缨讨伐。林邑国举国迎战,采用身披铠甲的象群布阵。宗悫大悟:"吾闻狮子威服百兽。"便令工匠打造假狮模型,摆列阵前。大象见狮子列阵,纷纷后退逃命。于是刘宋大军长驱直入,一举克敌制胜。当大军攻入敌国国库时,异宝杂物,不可胜计,但宗悫一无所取。

　　张显威武,是为了保家卫国,不是抢掠财富,这才是威武之道。

喝酒以谊为好

欧阳修有诗说:"酒逢知己千杯少,话不投机半句多。"为世人津津乐道,但下一句"遥知湖上一樽酒,能忆天涯万里人",很少有人说起。能忆万里之人,必为知己。故鲁迅先生说:"人生得一知己足矣。"

把"千杯少",用在喝多了上,实在是有点给自己多喝酒找理由,事实并不存在。是知己劝酒,还是自己想喝酒?实在难以辨识,因为一起喝酒的,不一定是知己,也许还有酒肉朋友。

欧阳修已作古九百多年了,但他留给后人的诗还在闪闪发光,但愿世人记住"千杯少"的同时,多体会一下"能忆天涯万里人"吧!

喝酒喝的是情谊,不宜多,宜谊。

理财有道

时下,理财产品甚多,其中大多为发财生财而理,但一有不慎,"竹篮打水一场空"的事,也时有发生,这都是对"财"的理念出了偏差所致。

西汉时有个叫疏广的人,汉宣帝时拜为太子太傅,在任五年,便称病告老还乡,皇上便赐金七十斤为酬。回乡后,他广邀乡里、族人共享赏金,将金遍赠乡里。

族人晚辈见状,进言说:"是否可以留些钱置产业田地?"他说:"家中原就有旧田宅,只要大家齐心,辛勤劳作,何愁衣食?"他还十分感慨地说,"贤而多财,则损其志;愚而多财,则益其过。"

疏广对财富的见地睿智豁达。财多财少够用就好,留给后人的,不应是财,而应是才。才要有德,更应该兼而备之,称德才兼备。

理财,先理才,更理智,这是人生的一本经。

读书求知，必须觉悟

读书是为了求知。"读书破万卷，下笔如有神"，这是书读多了，知识面宽广而能为之的事。但书上的知识是真知还是假知，验之方可知晓。

人常以车胤为楷模，以其捉萤火虫代油灯读书，很是励志，称"囊萤照书"。《晋书》上说："夏月练囊盛数十萤火以照书，以夜继日焉。""囊萤照书"既有坊间传闻，又有典籍记载，看来一定是真的了。但现实却并非如此。

清康熙帝就做了这样一个试验：他幼时捕捉了几十只萤火虫盛于薄纱囊中，结果发现其光不可照书，根本无法辨清字的笔画。

乾隆在读书时，也极重视证实古言。《诗经》中有"泾以渭浊"的说法，但说法也不完全一致。乾隆便下令陕西巡抚秦承恩就近实地考察，结果是：泾水河床石子底，水清的季节多；渭水泥沙底，水浊的季节多。泾水一石水沉淀物为三升，渭水一石水有一斗多，泾清渭浊。

　　书本知识要学，但实践很重要，读书破万卷不够，行万里路也不够，必须觉悟。每悟一次，必有新得，日日悟，日日新。这就是日新的真正意义。

书文出彩意气间

好作品都是有感而发的,书、画、文均是如此。颜真卿是唐代书法大家,他的《争座位帖》为书法上品,是他愤而疾书的作品。

唐广德二年(764),代宗宴请群臣,庆祝中兴名将郭子仪凯旋。但排座者郭英乂为讨好宦官鱼朝恩,把尚书大臣的座位排在其下,时为检校刑部尚书的颜真卿愤然致书郭英乂,奋笔疾书写下了《争座位帖》,对其所作所为进行严厉斥责。

颜真卿盛怒驱使,下笔若狂,犹如巨浪夺崖而出,绝无刻意布局之痕迹。

可见,不管是书、画、文都是有感而发,有悟而言。此乃好文之源。

后　记

　　横岭侧峰，岭上有峰，峰上有林，岭在林中，一片绿林，绿林一片，绿水青山，金山银山，此乃好山好水好地方……

　　林在峰上，岭亦成林，这就是横看成林，侧看亦林，岭林相依，岭在林，林在岭，进岭进林，一片横林。见林不见岭，岭依旧在林；在林不见林，林还在岭间。

　　人身处位置不同，自有不同感悟。换个位置，换个视角，换个心态，自有不同的心境。感悟可以不同，心境也未必一致，但世间真美，当为共识。诗说："岭上有峰亦有林，无岭平川林也深。自然造物万千变，人间骚客各自吟。"岭林成景，站位不同，感悟不同，各自吟是自然之事。

　　在美好的人世间随遇而安吧，奋进攀登当可，但巅峰最好不去。在《横林侧峰》写作过程中，黄佩菊同志付出了辛勤劳动，谨此表示深深的谢意。

2020 年 8 月 28 日于南通